HOMER & LANGLEY

E.L. Doctorow

Homer & Langley

Vertaald door Sjaak Commandeur

2010

DE BEZIGE BIJ

AMSTERDAM

De vertaling is tot stand gekomen met steun van
het Nederlands Letterenfonds.

Oorspronkelijke titel *Homer & Langley*

Oorspronkelijke uitgever Random House, New York

Omslagontwerp Studio Jan de Boer

Omslagillustratie Samuel H. Gottscho,

Everett Collection/Rex Features

Foto auteur Marion Ettlinger

Vormgeving binnenwerk Adriaan de Jonge

Druk Clausen & Bosse, Leck

ISBN 978 90 234 5071 9

NUR 302

www.debezigebij.nl

Voor Kate Medina

IK BEN HOMER, de blinde broer. Ik heb mijn gezichtsver-mogen niet in één keer verloren, het ging zoals in de film wanneer langzaam het beeld vervaagt. Toen ik te horen had gekregen wat er aan de hand was, vond ik het interes-sant om het verloop te volgen, ik was toen nog geen twin-tig, heel leergierig. Wat ik die bewuste winter deed, staan-de op zekere afstand van het meer in Central Park waarop werd geschaatst, was van dag tot dag kijken wat ik nog wel en niet meer kon zien. De huizen aan Central Park West verdwenen het eerst, ze verduisterden alsof ze oplosten in de donkere hemel tot ik ze niet meer kon onderscheiden, en toen begonnen de bomen hun vorm te verliezen, en toen kon ik, dit was aan het eind van het seizoen, mis-schien in de laatste februariweek van die zo strenge winter, ten slotte alleen nog de spookgedaanten zien van de schaatsers zoals ze me over een ijsvlakte voorbijzweefden, en toen werd het witte ijs, dat laatste licht, grijs en toen he-lemaal zwart, en toen was heel mijn gezichtsvermogen weg, hoewel ik nog duidelijk het schoots-schats van de ij-zers op het ijs kon horen, een geluid dat veel voldoening schonk, een zacht maar heel doelgericht geluid, dieper van toon dan je zou verwachten van onder die ijzers, mis-schien doordat de volle bas van het water onder het ijs erin meeklonk: schoots-schats, schoots-schats. Ik hoorde

iemand ergens in volle vaart heen gaan en dan uitzwen-
ken in die lange kerrrats waarmee de schaatser schuins af-
remde, waarna ik meelachte van vreugde over hoe behen-
dig de schaatser in één keer stokstijf stilstond, voortgaand
met zijn schoots-schats en dan kerrrats.

Ik was natuurlijk ook treurig, maar het was een geluk
bij een ongeluk dat het gebeurde toen ik nog zo jong was
en ik geen idee had invalide te zijn maar gewoon op mijn
andere vaardigheden overschakelde, zoals mijn uitzon-
derlijke gehoor, dat ik heb gescherpt tot een mate van op-
lettendheid die haast visueel was. Volgens Langley had ik
oren als een vleermuis, een stelling die hij een keer heeft
getest, zoals hij alles graag aan een kritische beoordeling
onderwierp. Ons huis, al zijn vier verdiepingen, was natuurlijk vertrouwd terrein voor me; ik vond zonder aarze-
len mijn weg in elke kamer en het trappenhuis, want ik
wist uit mijn hoofd waar alles stond. Ik kende de zitkamer,
het studeervertrek van mijn vader, mijn moeders eigen
kamer, het eetzaaltje met zijn achttien stoelen en langwer-
pige notenhouten tafel, de zilverkamer en de keukens, de
salon, de slaapkamers, ik herinnerde me hoeveel gestoffeerde traptreden er waren tussen de verdiepingen, ik
hoefde niet eens de leuning vast te houden, wie me zag
maar me niet kende, zou nooit gedacht hebben dat mijn
ogen dood waren. Maar volgens Langley zou mijn gehoor
pas echt op de proef worden gesteld als het geheugen geen
rol speelde, dus verplaatste hij links en rechts wat meube-
len en nam me mee naar de muziekkamer, waar hij vooraf
de vleugel naar een andere hoek had gerold en het Japanse

vouwscherm met de reigers in het water midden in de kamer had gezet en er in de deuropening nog een schepje bovenop deed door me net zo lang rond te draaien tot ik alle richtinggevoel kwijt was, en ik moest lachen, want wat denk je? – ik liep zo om het vouwscherm heen en ging achter de vleugel zitten alsof ik precies wist waar hij hem had neergezet, wat ik ook wist, ik kon oppervlakken horen, en ik zei tegen Langley: Blinde vleermuizen fluiten, zo doen zij het, maar heb je mij horen fluiten? Hij was werkelijk perplex, Langley is twee jaar ouder dan ik, en ik maak altijd graag indruk op hem, ongeacht waarmee. Hij was in deze tijd al eerstejaars op Columbia. Hoe doe jij het dan? zei hij. Dit is van wetenschappelijk belang. Ik zei: Ik voel vormen aan de lucht die ze verdringen, of ik voel de warmte die van dingen uitgaat, je kunt me ronddraaien tot het me duizelt, maar dan nog merk ik waar een vast lichaam de lucht vult.

Er waren nog meer compensaties. Ik kreeg privéleraren voor mijn schoolopleiding en volgde daarnaast uiteraard al lang en breed muziekonderwijs aan het West End Conservatory, waarvoor ik me in mijn ziende jaren had opgegeven. Door mijn bekwaamheid als pianist was mijn blindheid acceptabel in het sociaal verkeer. Toen ik wat ouder was, werd er gesproken van mijn galanterie en raakte ik bepaald in trek bij de meisjes. Het was in ons New Yorkse milieu van die tijd een ouderlijke tactiek om een dochter aan een geschikte echtgenoot te helpen door haar te waarschuwen, vanaf de geboorte leek het, uit te kijken voor mannen en ze nooit helemaal te vertrouwen. Ik praat van voor de Grote Oorlog, toen de dagen van de 'flapper' en vrouwen die sigaretten rookten en gincocktails dronken tot de onvoorstelbare toekomst behoorden. Dus een knappe jonge blinde van goeden huize was des te aantrekkelijker in die zin dat hij zelfs stiekem tot geen impertinentie in staat was. Zijn hulpeloosheid was heel aanlokkelijk voor een vrouw die zelf sinds haar geboorte was geoefend in hulpeloosheid. Het gaf haar een gevoel van kracht, van overwicht, het kon haar zin voor medelijden wekken, het kon zoveel, mijn visuele onvermogen. Een vrouw kon zich uiten, zich aan haar opgekropte gevoelens overgeven, zoals dat bij een normale vriend niet zonder gevaar ging. Ik kleedde me heel goed, ik schoor me met het mes zonder me ooit te snijden, en op mijn aanwijzing liet de kapper mijn haar wat langer dan het in die tijd gedragen werd, dus als ik tijdens een samenzijn achter de piano ging zitten en bijvoorbeeld de 'Appassionata' of de 'Revolutie'-etude speelde, danste mijn haar om mijn hoofd, en ik had toen nog veel haar, een volle dikke bruine bos met een scheiding in het midden en neerhangend aan weerskanten. Franz Liszthaar was het. En wanneer we op een bank zaten zonder anderen erbij, gebeurde het wel dat een jonge vriendin me kuste, mijn gezicht aanraakte en kuste, waarna ik, blind als ik was, mijn hand quasi niet-doelbewust op haar dij kon leggen, zodat haar adem misschien wel stokte maar ze hem liet liggen om me niet in verlegenheid te brengen.

Ik moet erbij zeggen dat ik als man die nooit getrouwd geweest is altijd een bijzondere gevoeligheid heb gehad voor vrouwen, een grote waardering en erkentelijkheid, en laat ik er zonder dralen voor uitkomen dat ik in de tijd waarover ik het nu heb een paar seksuele ervaringen heb opgedaan, deze tijd van mijn blinde stadsleven als knappe jonge vent van een jaar of achttien, toen onze ouders nog leefden en tal van soirees gaven waarvoor ze het allerbeste publiek van de stad uitnodigden in ons huis, een monumentaal eerbetoon aan de laatvictoriaanse stijl waaraan de moderniteit voorbij zou gaan – zoals bijvoorbeeld de interieurmode van onze huisvriendin Elsie de Wolfe, die, toen mijn vader haar geen toestemming gaf om het hele pand opnieuw in te richten, geen voet meer bij ons over de vloer heeft gezet – en dat ik altijd grieflijk, degelijk en betrouwbaar heb gevonden, met zijn grote gestoffeerde zitmeubels en rechte trijpen empirestoelen en zware overgordijnen voor de plafondhoge ramen en middeleeuwse wandkleden aan vergulde roeden, boekenkasten met erkerramen, dikke Perzische tapijten en staande schemerlampen met kwastjes aan de kap en de bijpassende chinoiserie van amforen waar een mens haast rechtop in paste... het was allemaal heel eclectisch, want het was op zijn manier een verslag van de reizen van onze ouders, en overvol misschien in de ogen van een buitenstaander, maar ons kwam het normaal en juist voor, het was bovendien ons erfdeel, van Langley en mij, dit besef tussen zaken van een zelfbewuste levenloosheid te wonen, eromheen te moeten lopen.

Onze ouders vertrokken elk jaar voor een maand naar het buitenland, van achter de reling van een grootse oceaanstomer met drie of vier schoorstenen – de Carmania? de Mauretania? de Neuresthania? – naar ons zwaaiend wanneer het schip wegvoer van de kade. Wat leken ze klein daarboven, even klein als ik me voelde met mijn hand in de knellende hand van mijn kinderjuffrouw; de scheepshoorn dreunde tot in mijn voeten en de meeuwen vlogen rond alsof er iets te vieren was, alsof hier iets heerlijks gebeurde. Ik vroeg me altijd af hoe het met de patiënten van mijn vader moest wanneer hij weg was, want hij was een vooraanstaand vrouwenarts, en stel je voor dat ze in afwachting van zijn terugkeer ziek werden en stierven.

Al terwijl mijn ouders nog ronddraafden door Engeland of Italië of Griekenland of Egypte of waar dan ook, werd hun terugkeer aangekondigd door de dingen in kisten die de Railway Express Company bij de achterdeur afleverde: oeroude islamitische tegels of antiquarische boeken of een marmeren drinkfonteintje of bustes van Romeinen waaraan de neus of oren ontbraken of antieke kleerkasten met hun rioollucht.

En dan ten slotte, onder luid hoezeegeroep, waren daar, net voor ik ze compleet vergeten zou, vader en moeder zelf, voor ons huis uit het huurrijtuig stappend met in hun armen al wat hen aan schatten niet vooruitgereisd was. Ze waren als ouders niet geheel onachtzaam, want er waren altijd cadeautjes voor Langley en mij, echt opwindende dingen voor een jongen, zoals een antiek speelgoedtreintje dat te teer was om mee te spelen, of een vergulde haarborstel.

WIJ HEBBEN OOK wel gereisd, mijn broer en ik, want we gingen in onze jeugd altijd op zomerkamp. Ons kamp lag op een kustvlakte met bossen en velden in Maine, een goede plek om de natuur te leren waarderen. Hoe meer ons land onder dekens van fabrieksrook verdween, hoe meer steenkool uit de mijnen naar boven gerammeld kwam, hoe meer onze massale locomotieven door de nacht denderden en grote oogstmachines het gewas doorkliefden en zwarte auto's claxonnerend en botsend de straten vulden, des te meer vereerde het Amerikaanse volk de natuur. In de regel werd deze devotie aan de kinderen gedelegeerd. Vandaar dat wij in primitieve barakken in Maine verbleven, jongens en meisjes in aangrenzende kampen.

Ik leefde toen in de volheid van mijn zintuigen. Mijn benen waren lenig en mijn armen sterk en pezig, en ik bezag de wereld met alle gedachteloos geluk van een veertienjarige. Niet ver van de kampen lag op een klif dat uitzag over de oceaan een stuk grasland met een weelde aan wilde braamstruiken waar we op een middag met een heel stel de rijpe bramen plukten: wedijverend met zwermen hommels waarmee we om het hardst van struik naar struik gingen, beten we in het vochtig warme vlees van de veelvoudige vrucht en propten bramen in onze mond tot het sap ons van de kin droop. De lucht werd verdicht door zwevende muggenkolonies die rezen en daalden, uitdijden en samentrokken, als astronomische processen. En in de zon die op ons hoofd scheen lagen onder aan het klif de zwart met zilveren rotsen die geduldig de golven opvingen en braken, met daarvoorbij de glinsterende zee die fonkelde van de scherven zonlicht, en in mijn onvertroebelde ogen heel deze omgeving toen ik me in triomf omdraaide naar het ene meisje met wie ik een verstandhouding had, Eleanor heette ze, en mijn armen wijd uitspreidde en een buiging maakte als de goochelaar die alles voor haar had aangelegd. En terwijl de anderen doorliepen, bleven wij bij enige ruigte van braamstruiken achter, samenzweerders onder elkaar, tot hun geluid verdwenen was en wij daar in strijd met de kampregels zonder toezicht waren, en zodoende in ons zelfbeeld volwassener dan wie ook zou geloven, zij het bedachtzaam gestemd toen we, hand in hand zonder het zelfs te beseffen, terugwandelden.

Bestaat er een zuiverder liefde dan deze, wanneer je niet eens weet wat zij is? Ze had een vochtige warme hand en donkere ogen en haren, deze Eleanor. We zaten er geen van beiden mee dat zij ruim een kop groter was dan ik. Ik herinner me dat ze sliste: hoe het puntje van haar tong bij het uitspreken van haar s'en tussen haar tanden kwam. Ze was niet een van die zelfverzekerden in de omgang waar het aan de meisjeskant van het kamp van wemelde. Ze droeg de uniforme groene blouse en grijze broekrok die ze allemaal droegen, maar ze was een beetje een eenling en ik vond haar bijzonder, innemend en attent, iemand in net zo'n staat van verlangen als ik – waarnaar hadden we geen van tweeën kunnen zeggen. Het was mijn eerste verklaarde liefde, en een zo serieuze dat zelfs Langley, met zijn leeftijdgenoten in een andere barak, me er niet mee plaagde. Ik vlocht een fluitkoord voor Eleanor en maakte snijdend en stikkend een schaalmodel van een berken-bastkano voor haar.

O, maar het is een treurige geschiedenis waarin ik verzeild ben geraakt. Tussen het jongens- en het meisjeskamp stond een afscheiding van geboomte waar een hoog draadgazen hek doorheen liep van het type om dieren te weren, dus het was geen geringe nachtelijke escapade wanneer de oudere jongens over dit hek klommen of zich eronderdoor groeven en het gezag tartten door schreeuwend het meisjeskamp rond te rennen, voor de achtervolgende leiders uit, en op de deuren van de barakken te bonzen om verrukt gegil uit te lokken. Maar Eleanor en ik sloegen een bres in het hek om elkaar te ontmoeten nadat iedereen was gaan slapen en om rond te dwalen onder de sterren en filosofisch over het leven te spreken. En zo gebeurde het dat we in een warme augustusnacht twee kilometer verderop bij een vakantieoord uitkwamen dat net als ons kamp in het teken stond van de terugkeer naar de natuur. Maar het was voor volwassenen, voor ouders. Aangetrokken door een flakkerend licht in het verder donkere gebouw, liepen we op onze tenen de veranda op en zagen door het raam de schokkende beelden van wat in later jaren een blue movie zou gaan heten. De bandeloze vertoning vond plaats op een los scherm, zoiets als een groot rolgordijn. In het weerkaatste licht zagen we in silhouet een publiek van oplettende grote mensen op stoelen en banken vooroverzitten. Ik herinner me het geluid van de projector, niet ver van het openstaande raam, het gesnor dat hij voortbracht, als een veld met cicaden. De vrouw op het doek, naakt op een paar hooggehakte schoenen na, lag op haar rug op een tafel en de eveneens naakte man hield haar benen onder de knie omhoog, zodat ze geoffreerd lag voor het ontvangen van zijn lid, waarvan hij de enormiteit eerst nadrukkelijk aan zijn publiek toonde. Het was een lelijke kale magere man die zich alleen door dit ene onevenredige kenmerk onderscheidde. Terwijl hij steeds maar weer in de vrouw stootte, kon zij het niet laten zich telkens aan het haar te trekken, waarnaast haar benen krampachtig in de lucht trapten en beide schoenpunten snel achtereen priemende bewegingen maakten, alsof er een stroomstoot door haar heen was gejaagd. Ik was gegrepen – ontzet, maar ook meegesleept naar een onnatuurlijk gewaarwordingsniveau, iets wat grensde aan onpasselijkheid. Het verbaast me achteraf niet dat bij de uitvinding van de film de pornografische mogelijkheden ervan onmiddellijk werden begrepen.

Hapte mijn vriendin naar adem, gaf ze een ruk aan mijn hand om me weg te trekken? Ik zou het, zo ja, niet hebben gemerkt. Maar toen ik weer bij zinnen was, draaide ik me om en was ze nergens te bekennen. Ik rende terug zoals we gekomen waren, en in deze maanverlichte nacht, een nacht zo zwart-wit als de film, was de weg voor mij verlaten. De zomer duurde nog een paar weken, maar mijn vriendin Eleanor heeft nooit meer iets tegen me gezegd of zelfs maar mijn kant uit gekeken, een besluit dat ik als medeplichtige, qua sekse, van de mannelijke acteur accepteerde. Ze had gelijk dat ze voor me op de loop ging, want die nacht was in mijn hoofd de romantiek onttroond en de plaats ervan ingenomen door de gedachte dat seks iets was wat je hun berokkende, hun allemaal, ook de arme verlegen lange Eleanor. Het is een kinderlijk waanidee, ook de denkwereld van een veertienjarige eigenlijk al onwaardig, maar het leeft voort onder volwassen mannen, zelfs in de omgang met vrouwen die copuleerlustiger zijn dan zij.

Iets in mij voelde zich kijkend naar dat onfrisse filmpje natuurlijk niet minder bedrogen door de wereld van de volwassenen dan mijn Eleanor. Ik wil hiermee niet suggereren dat mijn vader en moeder erbij waren – dat waren ze niet. Sterker nog, toen ik Langley in vertrouwen nam, bleken we het erover eens dat onze vader en moeder vrijgesteld leken van het juk van de vleselijkheid. We waren niet zo onnozel te denken dat onze ouders zich alleen die twee keer dat wij verwekt waren aan geslachtsverkeer hadden overgegeven. Maar het behoorde tot het decorum van hun generatie dat de liefde werd bedreven in het donker en dat het bestaan ervan daarbuiten werd benoemd noch erkend. Het leven werd verteerbaar gemaakt met vormelijkheid. Ook in de vertrouwelijkste omgang werd de vorm in acht genomen. Onze vader vertoonde zich nooit zonder zijn verse boord en das en driedelig pak, ik herinner me hem eenvoudig niet anders gekleed dan zo. Hij hield zijn staalgrijze haar kort en droeg een borstelsnor en een lorgnet zonder enige bewuste na-aperij van de toenmalige president. En onze moeder, met haar gevulde figuur ingeregen naar de mode van die tijd, met haar weelderige haar overvloediglijk opgestoken en vastgespeld, was een gestalte van een volmoederlijke weelde. De vrouwen van haar generatie droegen hun rok tot de enkel. Ze mochten niet stemmen, iets waar mijn moeder in het geheel niet mee zat, hoewel enkele vriendinnen van haar suffragette waren. Langley zei over onze ouders dat er zegen rustte op hun huwelijk. Hij bedoelde daarmee niet dat het een grootse romance was, maar dat onze vader en moeder hun leven in hun jeugd plichtbewust hadden ingericht conform Bijbelse specificaties.

Mensen van mijn leeftijd worden geacht zich het verre verleden te kunnen herinneren, hoewel ze niet meer weten wat er op de dag van gisteren is gebeurd. Mijn herinneringen aan onze sinds lang overleden ouders zijn aanmerkelijk vervaagd, alsof het steeds verder terugvallen in de tijd ze heeft verkleind, detaillering heeft uitgevlakt, alsof de tijd ruimtelijkheid heeft aangenomen en afstand is geworden, en de gestalten uit het verleden, zelfs je vader en moeder, te ver weg zijn geraakt voor herkenning. Ze zijn gefixeerd in hun eigen tijd, die achter de planetaire horizon is weggevallen. Ze zijn samen met hun tijd en de beslommeringen van hun tijd ondergegaan. Een meisje dat ik oppervlakkig heb gekend, zoals die Eleanor, herinner ik me wel, maar van mijn ouders heugt me bijvoorbeeld geen woord dat een van beiden ooit gezegd heeft.

EN DAT BRENGT me op Langleys Vervangingstheorie.

Wanneer deze me voor het eerst is uiteengezet, weet ik niet precies meer, al herinner ik me nog de wat studentikoze indruk die zij op me maakte.

Ik heb een theorie, zei hij tegen me. Alles in het leven wordt vervangen. Wij zijn de vervangers van onze ouders, zoals zij de vervangers waren van de vorige generatie. Al die bizons die in het westen worden afgeslacht, je zou denken dat het hun uitroeiing betekende, maar ze zullen niet allemaal afgeslacht worden, en de kuddes zullen worden aangevuld met vervangers die niet te onderscheiden zijn van de afgeslachte dieren.

Ik zei: Langley, mensen zijn niet allemaal hetzelfde, zoals die stomme bizons, wij zijn elk een individu. Een genie als Beethoven is niet te vervangen.

O, maar Beethoven, Homer, was een genie voor zijn tijd. We hebben de notatie van zijn genialiteit, maar hij is niet ons genie. Wij zullen onze genieën hebben, zo niet in de muziek, dan in de wetenschap of de kunst, al kan het even duren eer ze als zodanig worden erkend, want genieën vinden doorgaans niet meteen erkenning. Het gaat bovendien niet om wat ze individueel presteren maar om hoe ze zich tot de rest van de mensheid verhouden. Wie is jouw favoriete honkballer? vroeg hij.

Walter Johnson, zei ik.

En wat is hij anders dan een vervanger van Cannonball Titcomb, zei Langley. Snap je? Ik heb het over sociale constructies. Een van die constructies is dat we sportlieden hebben om te bewonderen, dat we onszelf gestalte geven als bewonderend honkbalpubliek. Het lijkt een manier van culturele nationalisering te zijn die grote sociale voldoening schept en waarin mogelijk, met honkbalploegen uit verschillende steden, onze neiging om elkaar uit te moorden wordt geritualiseerd. Mensen zijn geen bizons, wij zijn een complexere soort die in gecompliceerde sociale constructies leeft, maar we vervangen onszelf net als zij. Zolang er wordt gehonkbald, zal er in Amerika altijd iemand zijn die voor de nog ongeboren jeugd de rol speelt die Walter Johnson voor jou heeft. Het behoort tot ons erfgoed om honkbalhelden te hebben, dus zal er altijd een zijn.

Wat jij zegt, is dat alles altijd bij het oude blijft, alsof er geen vooruitgang is, zei ik.

Ik zeg niet dat er geen vooruitgang is. Er is wel vooruitgang, terwijl er tegelijkertijd niets verandert. Mensen maken dingen als auto's, ontdekken zoiets als radiogolven. Natuurlijk. Er zullen nog betere werpers komen dan jouw Walter Johnson, hoe onvoorstelbaar het ook lijkt. Maar de tijd is iets anders dan waar ik het over heb. De tijd schrijdt voort via ons, gelijk op met onze vervanging ter vervulling van de vacatures.

Daar aangekomen begreep ik dat Langley zijn theorie verzon waar ik bij stond. Welke vacatures? zei ik.

Ben je echt zo traag van begrip? De vacatures voor genieën en honkballers en miljonairs en koningen.

Is er ook een vacature voor blinden? vroeg ik. Ik dacht, toen ik dat zei, terug aan hoe de oogarts waar ik heen moest met een lichtje in mijn ogen scheen en iets in het Latijn prevelde, alsof er in onze eigen taal geen woorden bestonden voor de vreselijkheid van mijn lot.

Voor de blinden, jazeker, en voor de doven en voor de slaven van koning Leopold in de Congo, zei Langley.

De daaropvolgende minuten moest ik aandachtig luisteren om vast te stellen of hij nog in de kamer was, want hij zweeg. Toen voelde ik zijn hand op mijn schouder. Waarop ik begreep dat wat Langley zijn Vervangingstheorie noemde zijn bitterheid of wanhoop was ten aanzien van het leven.

Langley, weet ik nog dat ik zei, je theorie behoeft nadere uitwerking. Dat vond hij zelf kennelijk ook, want vanaf dat moment is hij de krant gaan bewaren.

HET WAS MIJN broer, niet een van mijn ouders, die de gewoonte opvatte om mij voor te lezen toen ik zelf niet meer lezen kon. Ik had natuurlijk mijn brailleboeken. Ik heb de complete Gibbon in braille gelezen. *In de tweede eeuw van het christentijdperk omvatte het Rijk van Rome het voornaamste deel van de wereld en het beschaafdste deel van de mensheid...* Ik vind dat nog altijd een zin die een groter genot is om te voelen met de vingers dan te zien met de ogen. Langley las me voor uit de boeken die populair waren in die tijd – *The Iron Heel* van Jack London, en zijn verhalen van het hoge noorden, of *The Valley of Fear* van A. Conan Doyle, over Sherlock Holmes en de demonische Moriarty – maar voor hij overschakelde op de krant, en me voorlas over de oorlog in Europa die zijn persoonlijke voorland was, haalde Langley dunne dichtbundels uit de tweedehandsboekwinkels, waaruit hij voorlas alsof gedichten nieuwswaarde hadden. Gedichten bevatten ideeën, zei hij. De ideeën van gedichten komen voort uit hun gevoelslading en hun gevoelslading wordt gedragen door beelden. Dat maakt gedichten veel interessanter dan jouw romans, Homer. Want dat zijn maar verhalen.

Ik herinner me niet de namen van de dichters die Langley als nieuwsbrenger zag, en van de gedichten bleven me meestal maar een paar regels bij. Maar die duiken wel eens op in mijn gedachten, doorgaans ongenood, en doen me deugd wanneer ik ze bij mezelf voordraag. Zoals *Geslacht op geslacht heeft vertreden, vertreden/ Verkeer dat al verteert, geslaaf dat smeert, besmeurt...* een bij uitstek langleyaans idee.

TOEN HIJ NAAR het front ging, gaven mijn ouders hem ter ere een diner, gewoon met het gezin aan tafel: een goed stuk lendenrollade bij de geur van kaarsvet terwijl mijn moeder huilde en zich ervoor verontschuldigde dat ze huilde en mijn vader zijn keel schraapte alvorens een toost uit te brengen. Langley zou zich dezelfde avond nog inschepen. De soldaat in ons gezin ging naar overzee om een dode geallieerde soldaat te vervangen, geheel volgens zijn theorie. Bij de voordeur bevoelde ik zijn gezicht om het me in te prenten zoals het toen was, een lange rechte neus, een mond met een verharde trek, een spitse kin, vrijwel net zo een als de mijne, en dan de kwartiermuts in zijn hand en de ruwe stof van zijn uniform en de puttees om zijn benen. Hij had dunne benen, Langley. Hij verhief zich recht en groot, groter en rechter dan hij ooit nog zou zijn.

En ik bleef achter, voor het eerst van mijn leven zonder mijn broer. Ik voelde me mijn eigen zelfstandige jongvolwassenheid in gekatapulteerd, een die weldra op de proef zou worden gesteld door de pandemische Spaanse griep, die de stad in 1918 trof en er als een grote roofvogel neerstootte en allebei onze ouders meevoerde. Mijn vader stierf als eerste, verbonden als hij was aan het Bellevue Hospital, waar hij de ziekte opliep. Uiteraard volgde mijn moeder niet veel later. Ik noem hen mijn vader en moeder wanneer ik denk aan hoe plotseling en pijnlijk ze stierven, gestikt in een paar uur tijd, want aldus sloopte de Spaanse griep een mens.

Ik denk tot op de dag van vandaag niet graag terug aan hun dood. Het is waar dat zich bij de eerste tekenen van mijn blindheid een soort versobering voordeed in wat ze voor me voelden, alsof een investering die ze hadden gedaan niet bleek te renderen en ze hun verlies namen. Maar toch, maar toch, dit was de definitieve verlating, een reis waarvan ze niet zouden terugkeren, en ik was ontdaan.

De Spaanse griep heette vooral jongeren weg te nemen, maar bij ons was het andersom. Ik bleef gespaard, al heb ik me een tijdje niet goed gevoeld. Ik moest de begrafenis regelen van moeder, zoals zij die van haar man had geregeld, waarna ook zij doodging, alsof ze geen moment zonder hem kon. Ik ben naar dezelfde uitvaartondernemer gegaan die zij had ingeschakeld. Het begrafeniswezen beleefde gouden tijden, de gebruikelijke zalvende beleefdheidsvormen bleven achterwege en de lijken werden gezwind afgevoerd naar hun graf door mannen met een gedempt stemgeluid waaruit ik opmaakte dat ze een operatiemasker voorhadden. Ook de prijzen stegen; tegen de tijd dat moeder stierf kostte precies dezelfde begrafenis die ze voor vader had geregeld het dubbele. Ze hadden tal van vrienden gehad, een grote kennissenkring, maar er verschenen alleen een paar verre neven en nichten op de uitvaartplechtigheid, de rest zat thuis met de deur op slot of had zelf een begrafenis. Mijn ouders zijn voor eeuwig samen op de begraafplaats Woodlawn, net boven het voormalige dorp Fordham, met dien verstande dat het tegenwoordig allemaal de Bronx heet – en tenzij zich een aardbeving voordoet natuurlijk.

Ten tijde van de griep stond Langley, naar het Europese front vertrokken met het expeditieleger, als vermist te boek. Er was een legerofficier bij me aan de deur verschenen om het nieuws te brengen. Weet u dat zeker? zei ik. Hoe dan? Is dit jullie manier om te zeggen dat hij gesneuveld is? Nee? Dan zegt u dus eigenlijk niets anders dan dat jullie van niets weten. Wat komt u dan doen?

Dit was natuurlijk niet netjes van me. Ik weet nog dat ik om mezelf te kalmeren naar mijn vaders drankkast ben gegaan en zo uit de fles een slok van het een of ander heb genomen. Ik stelde mezelf de vraag of het mogelijk was dat al mijn familie in twee maanden tijd was weggevaagd. Ik oordeelde dat het niet mogelijk was. Het was niets voor mijn broer om me in de steek te laten. Iets in Langleys wereldbeeld, uitgekristalliseerd bij zijn geboorte, zij het misschien extra opgepoetst op Columbia, zou hem een godgelijke onvatbaarheid verlenen voor een alledaags lot als sterven op het slagveld: het waren de argelozen die sneuvelden, niet zij die geboren waren met de kracht van de illusieloze.

Dus waar ik ook *in* was toen ik mezelf daarvan eenmaal overtuigd had, ik was zeker niet *in de rouw*. Ik treurde niet, ik wachtte.

En toen gleed er uiteraard door de gleuf in de voordeur een brief van mijn broer uit een hospitaal in Parijs, gedagtekend een week nadat mijn officiële bezoeker me was komen zeggen dat hij werd vermist. Ik liet me de brief voorlezen door onze dienstbode Siobhan. Langley had aan het westelijk front een gasaanval doorstaan. Niets onherstelbaars volgens hem, en met bepaalde compensaties van de kant van attente militaire verpleegsters. Als die hem zat waren, zei hij, werd hij naar huis gestuurd.

Siobhan, een vrome Ierse van een zekere leeftijd, las liever niet over de attenties van militaire verpleegsters, maar ik lachte van opluchting, en daardoor vermurwd moest ze toegeven heel blij te zijn dat meneer Langley nog leefde en zo te horen geen spat veranderd was.

TOT MIJN BROER thuiskwam, was ik alleen in huis op het personeel na, een butler, een kokkin en twee dienstbodes, die ieder een kamer en gezamenlijk een badkamer hadden op de bovenste verdieping. Je zult je afvragen hoe een blinde zijn zaken regelt met bedienden in huis wie het niet kon ontgaan hoe eenvoudig het zou zijn om iets te stelen. Ik was niet gerust op de butler, al had hij nooit echt iets gedaan. Maar zijn zorgzaamheid voor mij, nu ik de baas was en niet meer de zoon, was me te berekend. Dus heb ik hem ontslagen en de kokkin aangehouden met de twee dienstbodes, Siobhan en de jongere Hongaarse Julia, die naar amandelen geurde en met wie ik uiteindelijk het bed heb gedeeld. Hij was in feite niet alleen butler, Wolf, maar butler-chauffeur en bij gelegenheid klusjesman. En toen we nog een rijtuig hadden, haalde hij het op uit de stal in Ninety-third Street en reed mijn vader bij het ochtendgloren naar het ziekenhuis. Mijn vader was zeer op hem gesteld geweest. Maar het was een Duitser, deze Wolf, en zijn accent was weliswaar licht, maar hij had zijn werkwoorden nooit ergens anders dan aan het eind van de zin leren plaatsen. Ik had hem nimmer vergeven hoe hij ons tuigpaard Jack met de zweep gaf, een ros zo edel en fier als voor en na hem geen, en ofschoon hij al zo lang mij heugde bij de familie in dienst was – Wolf, bedoel ik – en hoewel ik aan zijn voetstappen merkte dat hij de jongste niet meer was, verkeerden we tenslotte in staat van oorlog met de Duitsers, en dus heb ik hem ontslagen. Hij zei te weten dat dat de reden was, hoezeer ik het ook ontkende. Ik zei tegen hem: Waarvan is Wolf een verkorting? Van Wolfgang, zei hij. Juist, zei ik, en daarom ontsla ik je, want je hebt geen recht op de naam van het grootste genie in de muziekgeschiedenis.

Hoewel ik hem een heel behoorlijke heenzendpremie meegaf, had hij het onfatsoen me uit te schelden en te vertrekken door de voordeur, die hij nota bene nog dichtsmeet ook.

Maar het vergde, zoals gezegd, enig geregel om de nalatenschap van mijn vader juridisch af te wikkelen en een oplossing te vinden voor de administratieve rompslomp die het huishouden meebracht. Ik schakelde de jongste bediende bij de bank van de familie in voor de boekhouding en trok één keer in de week een pak aan en zette een bolhoed op en ging over Fifth Avenue op weg naar de Corn Exchange Bank. Het was een goede wandeling. Ik liep met een stok maar had die eigenlijk niet nodig, want zodra ik begreep dat mijn gezichtsvermogen afnam, had ik me erop toegelegd om als een landmeter alles in me op te nemen over een afstand van twee kilometer links en rechts van ons huis en helemaal tot aan First Avenue aan de ene kant en door het park heen tot aan Central Park West aan de andere. Ik onthield de lengte van een stratenblok door het aantal stappen te tellen van stoeprand tot stoeprand. Ik was blij toe dat ik de tenenkrommende renaissancevilla's van de *robber barons* links van ons niet hoefde te zien. Ik hield van een flinke pas en mat de vooruitgang van onze tijd af aan de veranderende geluiden en geuren op straat. Vroeger snerkten of knarsten of kraakten de rijtuigen en equipages, ratelden de sleperswagens, passeerden de door een span getrokken brouwerskarren met donderend geweld en was de maatslag bij al deze muziek het geklepper van de hoeven. Toen werd het verbrandingsgepruttel van de auto's aan het mengsel toegevoegd en verloor de lucht allengs haar organische geur van huiden en leer, hing op warme dagen de reuk van paardenmest niet meer als een miasme boven de straat, zomin als je intussen de brede panschop van de straatvegers nog veel hoorde waarmee deze werd opgeschept, tot uiteindelijk, in de tijd die ik beschrijf, alle lawaai mechanisch was, nu autovloten in beide richtingen voorbijvoeren, claxons toeterden en politieagenten op hun fluitje bliezen.

Ik hield van het prettige scherpe geluid van mijn stok op de granieten bordestreden van de bank. En binnen bespeurde ik aan het uitgeholde gedruis van stemmen en de kilte om mijn oren iets van de architectuur van de hoge plafonds en marmeren muren en pilaren. Het waren de dagen dat ik dacht verantwoordelijk te handelen en een lijn voort te zetten als vervanger van de eerdere Collyers, alsof ik op hun postume goedkeuring hoopte. En toen kwam Langley thuis uit de wereldoorlog en besefte ik hoe onnozel ik was geweest.

HOE GERUSTSTELLEND ZIJN brief ook had geklonken, mijn teruggekeerde broer was een ander mens. Zijn stemgeluid was een soort gegorgel, en hij bleef maar hoesten en kuchen. Hij was een heldere tenor toen hij vertrok, een die de oude aria's meezong die ik speelde. Niet meer. Ik voelde zijn gezicht en het holle van zijn wangen en de scherpte van zijn jukbeenderen. En hij had littekens. Toen hij zijn uniform uittrok, voelde ik op zijn blote rug nog meer littekens, naast kleine kratertjes waar het mosterdgas blaren had getrokken.

Hij zei: We worden verwacht voor een parade: marcheren en in de maat blijven, het ene bataljon na het andere, alsof een oorlog orde kent, alsof er een overwinning is geboekt. Ik paradeer niet. Dat is voor idioten.

Maar we hebben toch gewonnen? zei ik. Er is een wapenstilstand.

Wil jij mijn geweer? Hier. En hij duwde het me in handen. Een zwaar type geweer, daadwerkelijk afgevuurd in de Grote Oorlog. Hij had het eigenlijk moeten afgeven bij de kazerne in Sixty-seventh Street. Toen voelde ik hoe zijn kwartiermuts om mijn hoofd werd gemodelleerd. Vervolgens hing ineens zijn tuniek om mijn schouders. Ik schaamde me dat ik ondanks alle krantenberichten over de oorlog die Julia me 's ochtends bij het ontbijt had voorgelezen met haar Hongaarse accent, toch niet had begrepen hoe het daar werkelijk was geweest. Langley zou het me in de weken die volgden vertellen, nu en dan onderbroken door het gebonk op de deur van de marechaussee, want hij had zijn eenheid verlaten voordat hij officieel gedemobiliseerd was en zijn ontslagbewijs had ontvangen, en van al hetgeen wij in later jaren nog met de wet uit te staan zouden hebben, was deze kwestie, die van zijn formele desertie, een soort voorproefje.

Ik deed elke keer open en zwoer dat ik mijn broer niet gezien had, en dat was niet gelogen. En ze zagen me naar de lucht kijken terwijl ik dat zei en dropen af.

En toen de parade dan gehouden werd en ik de opwinding hoorde in de stad, de langs ons huis spoedende mensen, de voortkruipende auto's, hun toeterende claxons en door dat alles heen de verre flarden militaire marsmuziek, vernam ik van Langley, antifonaal als het ware, naders over wat hij had meegemaakt. Ik zou hem er niet naar hebben gevraagd, ik wilde dat hij weer de oude werd, ik zag wel in dat hij op verhaal moest komen. Hij hoorde pas bij terugkeer dat onze ouders aan de griep waren bezweken. Dat kreeg hij dus ook nog te verwerken. Hij sliep veel en sloeg geheel geen acht op Julia, niet in het begin althans, hoewel het hem misschien wel heeft bevreemd te zien hoe ze het eten opdiende en vervolgens mee aanschoof. En tussen de bedrijven door, helemaal uit zichzelf, terwijl de stad uitliep voor de overwinningsparade, vertelde hij me over de oorlog, met een schorre stem die soms bleef steken in een gefluister of gepiep alvorens zijn gruizige timbre te herwinnen. Af en toe was het meer alsof hij in zichzelf praatte.

Hij zei dat ze hun voeten niet droog konden houden. Het was te koud om je schoenen uit te trekken, er bevond zich ijs in de loopgraven, ijskoud water en ijs. Je kreeg loopgravenvoeten. Je voeten werden dik en blauw.

Er waren ratten. Grote bruine. Ze vraten de doden op, kenden geen angst. Beten door de hoezen van zeildoek om bij het mensenvlees te komen. Eén keer, bij een officier in een houten kist, schoven ze met hun snuit het nog losse deksel weg en was in een ommezien de kist één grote piepende berg kronkelende en wriemelende en vechtende ratten, een krioelende bruine en zwarte rattenbrij die rood verkleurde van het bloed. De officieren schoten met hun pistool in deze massa, en terwijl de ratten uitstroomden over de zijkanten, sprong iemand naar voren en smeet het deksel terug op de kist, waarna het werd vastgespijkerd boven de officier en de dode en stervende ratten.

Aanvallen kwamen altijd in de nanacht. Het begon met een zware beschieting, met veldgeschut, mortieren, en dan rukten uit de rook en de ochtendnevel de linies op om neer te vallen onder het mitrailleurvuur. Langley leerde met zijn rug tegen de borstwering van de loopgraaf te leunen om de mof aan zijn bajonet te rijgen wanneer deze over hem heen sprong, als de stier die een hoorn in de billen of dij of erger van de stierenvechter boort, en zelfs zijn wapen los te laten wanneer de arme dwaas de bajonet in zijn val meenam.

Langley had bijna voor de krijgsraad moeten verschijnen toen een officier zich door hem bedreigd had gevoeld. Hij had gezegd: Waarom dood ik mannen die ik niet ken? Je moet iemand kennen om hem te willen doden. Wegens dit inzicht werd hij avond aan avond op patrouille gestuurd, wat betekende dat hij over een doorploegde omgewoelde vlakte van modder en prikkeldraad tijgerde en zich plat tegen de grond drukte wanneer de lichtfakkels hun schijnsel wierpen.

En toen die ene ochtend met de gele mistvlagen die niet veel bijzonders leken. Die nauwelijks stonken. Die vrij snel oplosten, waarna je huid branderig werd.

En waartoe, zei Langley bij zichzelf. Wie kijkt, zal het zien.

Wat ik heb gedaan, gewoon door te blijven leven.

Op de dag dat Langley in z'n eentje naar de begraafplaats Woodlawn ging om er het graf van onze ouders te bezoeken, zette ik zijn Springfield op de schouw in de zitkamer, en daar is het geweer sindsdien gebleven, een van de eerste objecten in de collectie gebruiksvoorwerpen uit ons Amerikaanse leven.

DAT IK EEN verhouding was begonnen met Julia, viel niet goed bij de oudste dienstbode, Siobhan, die in hun huishoudelijke wereld van verdeelde taken gewend was de lakens uit te delen. Eenmaal opgestaan van tussen de mijne, had Julia zich een hogere status aangemeten en wenste ze zich niet meer te laten commanderen. Haar houding kwam neer op werkweigering. Siobhan was veel langer bij ons in dienst, en mijn moeder, vertelde ze me op een dag in tranen, had niet alleen haar werk hogelijk gewaardeerd maar was haar als een soort familielid gaan beschouwen. Daar wist ik niets van. Ik kende Siobhan alleen van haar stem, die ik, zonder er verder bij stil te staan, onaantrekkelijk vond: een iel hoog klaaglijk geluid, en aan haar ademhaling bij de minste inspanning merkte ik dat het een corpulente vrouw was. Bovendien rook ze een beetje, niet dat ze onrein was, maar haar poriën produceerden een soort stoombadlucht die ook nadat zij eruit was verdwenen in een kamer bleef hangen. Maar nu Langley terug was, streefde ik er vooral naar de vrede in huis te bewaren, want door zijn sombere aanwezigheid en ergernis over ieder wissewasje waren we allemaal uit ons evenwicht, met inbegrip, mag ik wel zeggen, van de zwarte kokkin, mevrouw Robileaux, die bereidde wat ze wilde bereiden en opdiende wat ze wilde opdienen zonder zich door iemand te laten raden, ook niet door Langley, die telkens zijn bord van zich af schoof en opstond van tafel. Dus er kwamen uit alle richtingen onderstromen van ongenoegen; we waren als huishouden al ver afgedreven van dat van mijn ouders, zodat ik hun ordelijk bestier en koninklijke bezadigdheid van optreden met nieuwe waardering bezag. Maar omdat ik geen flauw idee had hoe ik deze verstoring van de gevoelsorde de baas moest worden, maakte ik in mijn hoofd onderscheid tussen anarchie en evolutionaire verandering. Het een was het uiteenvallen van de wereld, het ander alleen maar de onvermijdelijke sluipgang van de tijd, en dat, oordeelde ik, maakten we nu bij ons in huis mee: het kantelen van de seconden en minuten van het leven waardoor het zich onder een telkens nieuw aspect liet zien. Zo rationaliseerde ik mijn nietsdoen. Langley had het privilege van zijn veteraanschap en mevrouw Robileaux dat van haar kookkunst. Ik had Siobhan een vorm van steun moeten bieden, maar ik keek weg en vond mijn eigen schuldbewuste troost bij Julia, die ik accepteerde zoals ze was.

Het meisje was een nuchtere ziel in de liefde. Ik had wel meer gehoord dat Europese vrouwen niet moeilijk deden over het seksuele, niet zoals de onze, ze accepteerden het gewoon als lichamelijke behoefte, een even natuurlijke als honger of dorst. Dus zeg dat Julia een ondeugd was van nature, maar dan, meer dan dat, een ambitieuze, wat de reden is dat ze na de bedwinging van mijn bed bazig begon te doen tegen Siobhan, als om toe te werken naar de positie van vrouw des huizes. Het ontging me natuurlijk niet, ik ben alleen blind van oog. Maar ik had bewondering voor haar landverhuizerselan. Ze was naar Amerika gekomen onder auspiciën van een besteedster, had eerst een bestaan opgebouwd in dienst van een familie die mijn familie kende en verscheen, nadat die naar Parijs was verhuisd, met uitstekende referenties bij ons op de stoep. Ik twijfel er niet aan of Julia was vijf à zes jaar ouder dan ik.

Ze stond, ongeacht de loomte van haar nachtelijke attenties, bij het eerste licht prompt naast ons bed en hervatte haar huishoudelijke taken. Ik bleef liggen tussen de nog warme lakens waar zij gelegen had en stelde met behulp van haar onvervluchtigde lijflucht haar beeld samen uit wat me dankzij mijn handen was bijgebleven van haar persoon. Ze had kleine oortjes en een volle mond. Als we hoofd aan hoofd lagen, reikten haar tenen amper tot mijn enkels. Maar ze was royaal geproportioneerd, het vlees van haar schouders en armen gaf mee onder de minste druk van mijn duimen. Ze was kort van bovenlichaam en hoog van boezem, had een stevig achterste en flinke dijen en kuiten. Ze had geen sierlijke voet, die was nogal breed en voelde, terwijl ze verder zo gaaf en zacht was, wat ruw aan. Losgeschud reikte haar rechte haar tot over haar schouders; ze plaatste zich op handen en knieën boven mijn liggende gestalte en liet de haren tot voor haar gezicht vallen om ze met een ruk van haar hoofd de ene kant op te gooien en vervolgens de andere en zo mijn borst en buik te strelen. Op zulke momenten prevelde ze zinnen die in het Engels begonnen en afdreven in het Hongaars. *Like you this, sir, does the sir like his Julia?* En ergens halverwege bleek ze dan zonder dat ik het besefte te zijn teruggekeerd tot haar moedertaal, waarin ze haar zelfde liefkozende vraag fluisterde of ik het prettig vond wat ze deed, zodat ik me verbeeldde de Hongaarse taal machtig te zijn. Dan trok ik haar naar me toe om me op dezelfde manier door haar tepels te laten strelen, met haar haren in mijn mond en over mijn gezicht. We deden allerlei creatiefs en hielden elkaar alleraangenaamst bezig. Haar inwendige was vrij goed mijn maat. Ze vertelde dat haar lokken heel licht waren, korenblond – *koorrrènblond* zei ze – en dat haar ogen een katachtige grijsheid hadden.

Julia's warme, meegaande lichaam en immigrantenge-murmel bewogen me ertoe mijn ogen te sluiten voor de langzame vermaling van Siobhans eer, nu Julia en zij in het huishoudelijk bestel der dingen van plaats wisselden en Siobhan moest constateren de ondergeschikte te zijn geworden. Er stonden het beste mens maar twee wegen open: opzeggen of bidden. Maar ze was een alleenstaande Ierse van middelbare of zelfs meer dan middelbare leef-tijd en had voor zover mij bekend geen familie. De jaren van dienstbaarheid in dit huis waren haar leven geweest. In zulke omstandigheden klampt een mens, hoe ongeluk-kig ook, zich vast aan zijn betrekking en spaart zijn geld stuiver voor stuiver op voor het moment waarop hij een knappe begrafenis hoopt te krijgen. Ik wist nog wel dat toen mijn moeder stierf, Siobhan degene was die erbar-melijk huilde aan het graf, vanuit een doodssentiment zo-als alleen de diepgelovige het heeft. En dus was uiteinde-lijk het gebed het middel waarmee ze standhield tegen de zware krenking van haar eigendunk en de bezitstrots die goed personeel heeft ten aanzien van het huis waarvoor het verantwoordelijk is. En als haar gebed een noodkreet was om rehabilitatie of, op momenten van verbittering die later bij de pastoor moesten worden gebiecht, om wraak, al naar de Heer beschikte, dan kan ik niet anders zeggen dan dat het werd verhoord in de protestantse gedaante van Perdita Spence, een jeugdvriendin van Langley die hij had gechaperonneerd bij haar introductie in het uitgaansleven en die nu op zijn uitnodiging een keer bij ons kwam eten.

Want in de loop der weken was Langley langzaam uit het dal geklommen waarin hij zat. Niet dat je hem hoorde fluiten of opperen dat hij reden tot opgetogenheid zag, maar zijn bijtende intelligentie herwon haar oude scherpte. Perdita Spence genoot al sinds hun beider tienertijd zijn achting, wat denk ik het maximale was wat hij gevoelsmatig voor haar kon opbrengen. Ik had haar voor de verduistering van mijn ogen een paar keer bij ons in huis gezien, en bij de projectie van die herinnering telde ik nu in mijn hoofd de jaren op door naar haar conversatie te luisteren. Ik herinnerde me haar voornaamste uiterlijke kenmerken, te weten een lange neus en te dicht bij elkaar staande ogen en schouders alsof ze epauletten onder haar chemisier droeg. Ik meen ook voor me te zien hoe juffrouw Spence in een betoging meeliep over Fifth Avenue, arm in arm met de suffragettes, maar dat is misschien een persoonlijke verfraaiing. Ik weet wel dat ze een lengte had waarbij Langley, een meter vijfentachtig, zich gemakkelijk voelde. Ze was dus lang voor een vrouw, en toen ik haar voor het eten over de kringen hoorde praten waartoe onze beide families hadden behoord, leek ze me ook in sociaal opzicht de ideale partij: iemand die in haar persoon de sfeer opriep van het leven dat Langley had geleid voor hij naar het front ging, net wat hij nodig had ter verzachting van de donkere instincten in zijn eigen innerlijk.

Langley en ik hadden ons beiden gekleed voor het diner, en ik had kans gezien Julia en Siobhan hun eigen wapenstilstand op te leggen, zodat ze samen de boel aan kant konden maken, wat ze kennelijk gedaan hadden, want mijn Aeolian rook naar boenwas, en het haardvuur in de studeer- en woonkamer verspreidde niet de verstikkende walm die ik had leren verwachten. Langley had mevrouw Robileaux zodanig onderhouden over het menu dat het strookte met zijn wensen, namelijk oesters in de halve schelp, een zuringsoep en een rollade met aardappelsoufflé en erwten in de peul. En hij was naar de kelder gegaan voor een fles wit en een fles rood. Maar aan alle gekwebbel van Perdita Spence kwam abrupt een eind toen Julia na het opdienen van de eerste twee gangen de rollade binnenbracht en bij ons aan tafel kwam zitten. Ik hoorde Julia's stoel schrapen, een licht kuchje en misschien zelfs haar eerbiedige lachje.

Na een lange stilte zei Perdita Spence: Wat een noviteit, Langley, om je gasten aan het werk te zetten. Heb je voor mij ook een schortje?

Langley: Julia is geen gast.

Juffrouw Spence: O?

Langley: In de bediening behoort ze tot het personeel. Aan tafel is ze Homers geliefde.

Het is een beetje een tweeslachtige situatie, zei ik ter nadere opheldering.

Men zweeg. Ik hoorde nog geen slokje wijn genomen worden.

Met de menselijke identiteit, zei Langley, is het tenslotte

raadselachtig gesteld. Weten we zelfs maar zeker dat er zoiets bestaat als het ik?

De tirade van juffrouw Spence, alleen tot Langley gericht, de enige in het vertrek die ze haar mening waardig keurde, was op zich heel interessant. Er was niet het geaffronteerde dat je zou verwachten bij iemand uit haar klasse die aan tafel een dienstmeid tegenover zich trof. Ze zei zich te kunnen voorstellen – ik kan na al die jaren alleen maar parafraseren – dat broer Homer gezien zijn invaliditeit zijn voordeel deed met het eerste het beste arme schepsel dat beschikbaar was. Maar ditzelfde schepsel laten plaatsnemen aan de eettafel was de ploertigheid van een pasja die het niet genoeg vond om zijn macht uit te oefenen maar deze ook zo nodig moest etaleren. Zie deze immigrantenvrouw, die te buigen had voor zijn wil om haar baan niet te verliezen, hier tot haar overduidelijke ongemak neergepoot ten teken van haar totale onderworpenheid. Een vrouw is geen huisdier, zei juffrouw Spence, en als zij zich tot haar schande moet laten gebruiken, laat het dan tenminste in het donker zijn, waar geen dan haar misbruiker haar hoort huilen.

Ik breng je naar huis, zei Langley.

En dus was heel het hoofdgerecht voor mijn geliefde en mij. Julia schepte mijn bord vol en kwam naast me zitten. Er werd geen woord gewisseld, we wisten wat ons te doen stond. Vanuit de deuropening nu en dan donker gadegeslagen door de uit haar keuken gekomen mevrouw Robileaux, aten wij vervolgens voor vier.

Ik had geen idee wat Julia dacht. De teneur van Perdita's

kritische beschouwing zou haar zeker niet zijn ontgaan, maar ik bespeurde onverschilligheid, alsof het haar, Julia, geen zier kon schelen wat die vreemdelinge op te merken had gehad. Ze zette zich aan de maaltijd met hetzelfde animo waarmee ze de schoonmaak deed of de liefde bedreef, vulde mijn wijnglas bij, toen het hare, legde nog een stuk rollade op mijn bord alvorens zichzelf andermaal te voorzien.

Mijn eigen gedachtegang, want die heugt me heel goed, was als volgt. Ik herinnerde me dat Julia ongenood in mijn slaapkamer was verschenen op de avond van de dag waarop ik had verzocht haar gezicht te mogen aanraken. Ik had daar geen enkele bijbedoeling mee, het ging me erom geïnformeerd te zijn, ik wil graag weten hoe de mensen om me heen eruitzien. Ik had haar onderkaak gevoeld, die groot was, en haar brede volle mond en haar kleine oortjes en enigszins afgeplatte neus en haar voorhoofd, dat breed was en een hoge haargrens had. En diezelfde avond was ze in mijn bed gekropen en had gewacht.

Had Perdita Spence gelijk, dat dit immigrantenmeisje om haar werk te behouden was ingegaan op wat ze voor een dwingende uitnodiging aanzag? Zo dacht Langley er niet over; hij had kennisgemaakt met de mondigheid van deze dienstbode, die in betrekkelijk korte tijd het huishouden had overgenomen van Siobhan en met zijn broer sliep.

Maar toen gebeurde dit: doende mijn bord schoon leeg te eten werkte ik de laatste erwtenpeulen weg, ze vermalend tussen mijn tanden om hun malse groene en licht bittere sappen tot me door te laten dringen, toen ik ineens aan de tuinderij moest denken op de hoek van Madison Avenue en Ninety-fourth Street, waar ik als ziend kind met mijn moeder in het vroege najaar de regels afging om de groenten uit te zoeken voor bij ons op tafel. Ik trok er de bospeen uit de zachte grond, plukte de tomaten van hun stengels, legde de gele zomerpompoenen bloot van onder de bladeren waar ze zich schuilhielden, lichtte met twee handen de kroppen sla. Dat waren genoeglijke momenten die we hadden, mijn moeder en ik, wanneer ze haar mand ophield om me erin te laten leggen wat ik had uitgekozen. Sommige planten staken boven mijn hoofd uit, en de bladeren streken met hun zonnewarmte langs mijn wangen. Ik kauwde op de kleine blaadjes van kruiden, het duizelde me van de rijkdom aan heldere kleuren en de vochtige geur van loof en wortels en dampige aarde op een zonnige dag. Uiteraard is, net als mijn gezichtsvermogen, die tuinderij allang verdwenen, er staat tegenwoordig een kazerne, en het zal de wijn wel geweest zijn waardoor uit de diepten van mijn onverzoenlijke ik het beeld kon oprijzen van mijn minzame moeder op een onkarakteristiek moment van liefhebbende omgang met haar zoontje.

Toen ik in dit ogenblik van geëmotioneerde herinnering Julia's op haar taak berekende hand pakte, voelde ik geen huid maar steen. Het was een ring die de dienstbode droeg, en toen ik er met drie vingers omheen ging ter nadere vaststelling van zijn formaat en vorm, besefte ik dat het de zware ring van mijn moeder was, met de diamant waarvan scherven zonlicht in mijn ogen sprongen wanneer ze het hengsel van onze groentemand naar me toe hield.

Julia murmelde iets als *Ah dear surr*, en ik voelde haar andere hand op mijn wang toen ze zich zachtjes probeerde los te maken en ik dat even zachtjes niet toeliet.

Het was een opmerkelijke samenloop van omstandigheden, een waarvoor ik juffrouw Spence erkentelijk moet zijn, neem ik aan, al is zij op het moment niet meer onder de levenden. Of misschien was het mijn broers besluit om haar te eten uit te nodigen, of misschien moet ik nog verder terug, naar de oorlog waardoor hij zo veranderd was dat hij zichzelf op zijn korzelige, compromisloze wijze maar half wilde toegeven dat hij, eventueel, beterschap zou kunnen vinden in het huwelijk en in dat kader à contrecoeur op vrijersvoeten ging door de kennismaking te hernieuwen met die lange, hoekig geschouderde schoolvriendin van hem die de verdorven gang van zaken bij ons in huis niet kon billijken.

We hielden uiteraard een rechtszitting, met Langley en mij als rechter, Siobhan als aanklaagster, en wel in de bibliotheek, waar de boekenkasten, de globe, de portretten, tot een justitiële sfeer bijdroegen. Julia, mijn Hongaarse lief, huilde toen ze beweerde dat het Siobhans idee was geweest om de ring uit mijn moeders bijouteriedoos te lenen zodat zij, Julia, meer op haar plaats zou zijn aan tafel en minder in de bediening. De ring was een vorm van accreditatie, betoogde ze, al kwam dat woord in haar vocabulaire niet voor. *To look so Mister Homer surr and I was to be marry*, waren feitelijk haar woorden. Ik zou haar kant hebben kunnen kiezen, ware het niet dat mijn eigen geloofwaardigheid als verantwoordelijk lid van dit huishouden zware averij had opgelopen toen ik tegenover Langley moest toegeven dat ik bij het afwikkelen van mijn moeders nalatenschap niet aan haar juwelen had gedacht, die dus, met het risico van diefstal, in het onafgesloten wandkluisje op haar slaapkamer waren blijven liggen, achter een portret van een oudtante van haar die zich een zekere roemruchte naam had verworven door om nooit geheel opgehelderde reden per kameel door de Soedan te trekken.

Siobhan ontkende het meisje de ring te hebben toegedacht en wees erop dat Julia, die zich immers had opgeworpen als hoofd van het huishouden, overal toegang had en op mijn moeders slaapkamer kon rondneuzen zonder dat er een haan naar kraaide. Siobhan herinnerde iedereen eraan hoe lang zij al bij de familie in dienst was, in tegenstelling tot deze dievegge, die haar probeerde af te schilderen als medeplichtige in een duivels complot. Waarom zou uitgerekend ik die sloerie helpen, diefachtig als ze is, zei Siobhan.

Langley, de koele oordeelkundige onder alle omstandigheden, zei tegen Siobhan: Petitio principii – u veronderstelt in uw premisse wat u moet aantonen in uw conclusie.

Dat zal best, meneer Collyer, sprak zij, maar ik weet wat ik weet.

En aldus werd het pleit beslecht.

Langley pakte naderhand de bijouteriedoos, waarin niet alleen die ring zat, maar broches, armbanden, oorbellen en een diamanten diadeem, en borg hem op in een kluisje bij de Corn Exchange voor het geval we deze zaken ooit zouden moeten verkopen – een geval waarvan ik me niet kon voorstellen dat het zich ooit zou voordoen en dat zich natuurlijk wel voordeed, vrij vlot zelfs.

En hiermee verliet mijn lieve huilende hardgetepelde en snode bedgenote het pand door dezelfde achterdeur als juffrouw Spence, alsof het prototypen waren van de kunne waarmee Langley en ik ons in de loop der jaren op uiteenlopende gronden niet bleken te kunnen verenigen.

TOEN JULIA HAAR koffers had gepakt en vertrokken was, voelde ik me pas echt dom. Alsof haar afwezigheid haar persoon tot morele klaarheid bracht. Toen ik met haar verkeerde, had ik geen idee gehad van wie ze was – haar tegenwoordigheid was door mijn zelfvoldaanheid gefragmenteerd – maar nu ik aan haar gedwarsboomde eerzucht terugdacht, sloten haar amandelgeur en de delen van haar lichaam die ik in mijn handen had gehouden zich aaneen tot een mens door wie ik me bedrogen voelde. Die immigrantenvrouw met haar strategieën. Ze had het binnenhuisslagveld betreden met een strijdplan. Allesbehalve de dienstmeid die uit angst op straat te worden gezet toegeeft aan de verlangens van haar meester, diende ze alleen zichzelf, een actrice, een artieste die een rol speelde.

Ik vroeg Langley haar uiterlijk te beschrijven. Een stevig klein ding, zei hij. Veel te lang bruin haar, ze moest het om haar hoofd wikkelen en vastspelden onder die muts en dat lukte natuurlijk niet helemaal, en zo vestigde ze met lokken en krullen om haar gezicht en hals een aandacht op zich die personeel dat zijn plaats kent altijd zou schuwen. We hadden haar dat haar moeten laten afknippen.

Maar dan zou ze Julia niet geweest zijn, zei ik. En ze zei tegen mij dat ze korenblond was.

Ze had dof donkerbruin haar, zei Langley.

En haar ogen?

De kleur van haar ogen is me nooit opgevallen. Wel dat ze constant om zich heen keek, alsof ze in de Hongaarse taal in zichzelf praatte. We moesten haar wel ontslaan, Homer, ze was te gewiekst om te vertrouwen. Maar één ding moet ik je nageven: het zijn de hordes immigranten die dit land op de been houden, de golven die hier jaar in jaar uit aanspoelen. We hebben dat meisje moeten ontslaan, maar in feite vormt ze het levende bewijs van hoe geniaal ons nationale vreemdelingenbeleid is. Wie gelooft er vaster in Amerika dan degene die van de loopplank af gerend komt en de grond kust?

Ze heeft niet eens afscheid genomen.

Zo zie je maar. Het wordt nog een rijke vrouw.

TER VERTROOSTING DOOK ik in mijn muziek, maar voor het eerst van mijn leven liet die het afweten. Ik vond dat de Aeolian moest worden gestemd. We lieten Pascal komen, de pianostemmer, een nuffige kleine Belg, besprenkeld met een eau de cologne die dagenlang in de muziekkamer bleef hangen. *Il n'y a rien mal avec ce piano*, zei hij, zoals ik hem in mijn slechte Frans assembleer. Met mijn verzoek zijn onfeilbare werk te komen nazien had ik hem beledigd. Het probleem was feitelijk ook niet de piano maar mijn repertoire, dat in zijn geheel uit werk bestond dat ik had geleerd toen ik nog muziek kon lezen. Daar had ik niet meer genoeg aan. Ik was rusteloos. Ik moest nieuwe stukken instuderen.

Een blindenvereniging had een muziekuitgeverij zover gekregen werken in muziekbraille te drukken. Dus bestelde ik daar bladmuziek. Maar dat werkte niet; ik kon braille lezen, maar mijn vingers vertaalden de puntjes niet in klanken. De noten lieten zich niet combineren, ze bleven op zichzelf, en elke vorm van contrapuntiek was me te machtig.

Hier schoot Langley te hulp. Hij vond op een boedelveiling een pianola van het buffetmodel. Er zaten tientallen geponste papierrollen op een cilinder bij. Je bracht de cilinders aan op twee pennen waar de rol schuin overheen liep, je pompte met de pedalen, de toetsen gingen als door tovenarij omlaag, en wat je hoorde was een uitvoering door een van de groten, Paderewski, Anton Rubinstein, Józef Hofmann, alsof ze pal naast je zaten op het pianobankje. Zo breidde ik mijn repertoire uit, namelijk door steeds opnieuw de pianorollen te beluisteren tot ik de toetsen wist te vinden op precies het moment waarop ze mechanisch werden ingedrukt. Uiteindelijk kon ik achter mijn Aeolian gaan zitten om het stuk op eigen kracht te spelen, in mijn eigen vertolking. Ik maakte me een veelheid aan impromptu's van Schubert eigen, etudes van

Chopin, sonates van Mozart, en mijn muziek en ik waren weer in harmonie.

De pianola was de eerste van tal van piano's die Langley door de jaren heen zou verzamelen – er staan er nu een stuk of vijftien, in hun geheel of in onderdelen. Hij heeft misschien in het begin mijn belang voor ogen gehad, het zou kunnen dat hij dacht dat er ergens ter wereld een beter klinkende piano moest zijn dan mijn Aeolian. Die was er natuurlijk niet, al heb ik braaf elke nieuwe uitgeprobeerd waarmee hij thuiskwam. Als het instrument me niet beviel, sloopte hij het tot op het binnenwerk om te kijken wat eraan te doen was, en zo is hij piano's gaan zien als machines, muziek makende machines die je uit elkaar kon halen en bekijken en weer in elkaar kon zetten. Of niet. Als Langley iets in huis haalt wat tot zijn verbeelding spreekt – een piano, een broodrooster, een Chinees bronzen paard, een meerdelige encyclopedie – dan is dat pas het begin. Wat het ook is, hij zal het in verscheidene versies zien te bemachtigen, want tot hij erop uitgekeken raakt en op iets anders overstapt, zoekt hij van alles de ultieme verschijningsvorm. Ik denk dat dit misschien een genetische grondslag heeft. Onze vader verzamelde ook, want behalve medische boekdelen staan op de vele planken in zijn studeerkamer stopflessen met foetussen, hersenen, gonaden en diverse andere in formaldehyde geconserveerde organen – alles gerelateerd aan zijn vakgebied natuurlijk. Toch kan ik me niet aan de indruk onttrekken dat in Langleys verzamelwoede een hoogstpersoonlijk element zit: hij is ziekelijk zuinig, en sinds wij zelfstandig dit huishouden voeren, heeft hij zich altijd zorgen gemaakt over onze financiën. Zuinig zijn met geld, zuinig zijn op spullen, waarde zien in spullen die een ander weggooit of die mogelijk ooit nog ergens goed voor zijn – dat hoort er ook bij. Zoals te verwachten van een krantenarchivaris is Langley een man met een wereldbeeld, en omdat ik er zelf geen heb, heb ik me altijd gevoegd naar wat hij doet. Ik wist dat een en ander in mijn ogen ooit even logisch en zinnig en verstandig zou worden als het in de zijne was. En dat is het inmiddels al heel lang. Jacqueline, mijn muze, ik richt me even rechtstreeks tot je: Je hebt een kijkje genomen hier in huis. Je weet dat er voor ons gewoon geen andere bestaanswijze is. Je weet: dit zijn wij. Langley is mijn oudere broer. Hij is een veteraan die zich dapper geweerd heeft in de Grote Oorlog en er zijn gezondheid bij heeft ingeboet. In onze jeugd waren het die dunne dichtbundels die hij verzamelde, waarmee hij thuiskwam, die hij aan zijn blinde broer voorlas. Neem deze regel: 'Doem rust duister, dieper dan de zeebodem daalt...'

MIJN VERMEERDERDE REPERTOIRE kwam me heel goed van pas toen ik een baan aannam als pianist bij stomme films, waarvoor ik stukken moest improviseren naargelang van de aard van wat er te zien was. Was dat een liefdesscène, dan speelde ik bijvoorbeeld de *Träumerei* van Schumann, was het een vechtscène, het snelle deel van een woeste late Beethoven, marcheerden er soldaten, dan marcheerde ik mee, en bij een grandioze finale improviseerde ik op het laatste deel van Beethovens *Negende*.

47

Je zult vragen hoe ik wist wat er op het doek werd vertoond. Daarvoor hadden we een meisje, een muziekschoolleerlinge die naast me zat en me sotto voce precies vertelde wat er gebeurde. Nu een komische achtervolging waarbij mensen uit auto's vallen, zei ze dan, of hier komt de held te paard aangaloppperen, of de brandweerlieden laten zich langs een paal zakken of – en daarbij dempte ze haar stem en raakte even mijn schouder aan – de gelieven omhelzen elkaar en kijken elkaar in de ogen, en op het kaartje staat 'Ik hou van je'.

Langley had deze leerlinge opgedaan op de muziekschool Hoffner-Rosenblatt in West Fifty-ninth Street, en omdat ons in de tijd die ik nu beschrijf duidelijk was geworden dat we door enkele ongelukkige beleggingen interden op de erfenis van onze ouders – de reden waarom ik die baan in een bioscoop op Third Avenue had aangenomen, waar ik van de namiddag tot de late avond drie complete voorstellingen begeleidde, ieder weekeinde van vrijdag tot en met zondag – betaalden we haar, mijn filmogen, het meisje Mary, niet alleen in baar geld maar vulden we haar kleine salaris aan met gratis lessen die ik aan huis gaf. Omdat ze met haar oma en jongere broer aan de andere kant van de stad woonde, diep in West, in Hell's Kitchen om precies te zijn, en onder ongetwijfeld sobere omstandigheden, was haar grootmoeder maar wat blij dat ze niet meer voor Mary's onderricht hoefde te betalen. Het was een immigrantenfamilie die door zware tegenspoed getroffen was, want de beide ouders van het meisje waren gestorven, haar vader aan de gevolgen van een ongeluk op de brouwerij waar hij werkte, zijn weduwe niet lang nadien aan kanker. En uiteindelijk, om het tramgeld uit te sparen, en omdat Siobhan sympathie voor het meisje had opgevat, haast alsof ze een dochter was, trok Mary uiteraard bij ons in. Ze heette Mary Elizabeth Riordan, ze was destijds zestien, een oud-parochieschoolleerlinge en volgens de berichten een heel knap ding met zwart krulhaar en een heel blanke huid en lichtblauwe ogen, het hoofd hoog, kaarsrecht en trots van postuur, alsof haar tengere gestalte niet de suggestie mocht wekken van een zwakte waarvan misbruik kon worden gemaakt. Maar wanneer we van en naar de bioscoop liepen, gaf ze me een arm alsof we een stel waren, en natuurlijk werd ik verliefd op haar, al durfde ik er, eind twintig inmiddels en dunner wordend van haar, niet naar te handelen.

Ik zal niet zeggen dat Mary Riordan een uitmuntende pianoleerlinge was, maar ze speelde graag. Ze was een meer dan bekwaam pianiste. Ik vond alleen haar aanzet niet doortastend genoeg, hoewel bij het instuderen van iets als de *Cathédrale engloutie* van Debussy haar gevoelige toucher terecht leek. Ze was nu eenmaal in heel haar doen en laten een zachtmoedige ziel. Haar goedheid was als de geur van zuivere ongeparfumeerde zeep. En ze begreep net als ik dat wie ging zitten en zijn handen op de toetsen plaatste, niet gewoon een piano voor zich had maar een universum.

Hoe gemakkelijk en met welk een gratie paste ze zich aan haar situatie aan. Wat waren we tenslotte een vreemd huishouden, met al die kamers die een overdonderende indruk moeten hebben gemaakt op een kind van drie-hoog-achter, en een dienstbode die haar op slag adopteerde en haar klusjes gaf als een moeder, en een kokkin met een kenmerkende, van ochtend tot avond onveranderlijke fronsblik. En een blinde die ze van en naar zijn werk begeleidde en een beeldenstormer met een harde hoest en een schorre stem die iedere dag, 's morgens en 's avonds, de deur uit rende om elke krant te kopen die er in de stad verscheen.

Wanneer ik naast haar zat voor haar les, verviel ik dikwijls in een mijmering en liet ik haar maar wat spelen, zonder enige aanwijzing. Ook Langley was verliefd op haar; ik merkte het aan zijn neiging om te gaan doceren als zij erbij was. Met zijn geïmproviseerde muziektheorieën maakte Langley geen indruk op ons twee, die op slag konden metamorfoseren in de krinkelende verstrengeling van *Jesus bleibet meine Freude*. Zo beweerde hij dat de prehistorische mens toen deze ontdekte dat hij geluiden kon voortbrengen door te zingen of ergens op te slaan of in het uiteinde van een gefossiliseerd pijpbeen te blazen, daarmee de bedoeling had de uitgestrekte leegte van deze vreemde wereld te peilen met de boodschap 'Ik ben hier, ik ben hier!' Zelfs jullie Bach, zelfs jullie hooggeëerde Mozart in zijn vestje en kniebroek en zijden kousen, deed niet meer dan dat, zei Langley.

We hoorden de ideeën van mijn broer geduldig aan maar zwegen en gingen, als er niets meer gezegd werd, verder met onze les. Bij een zo'n gelegenheid kon Mary een zucht niet helemaal onderdrukken, waarop Langley zich mompelend terugtrok tussen zijn kranten. Hij en ik wedijverden natuurlijk om het meisje, maar het was een rivaliteit die geen winnaar kon opleveren. Dat wisten we. We spraken er niet over, maar we wisten allebei dat we in de greep waren van een hartstocht waaraan dit meisje ten onder zou gaan als we er ooit gevolg aan gaven. Ik was daar gevaarlijk dichtbij geweest. Het bioscoopje bevond zich onder de luchtspoorweg die over Third Avenue liep. Om de zoveel minuten denderde er boven ons een trein langs, en bij een van die gelegenheden deed ik of ik niet verstond wat Mary zei. Doorspelend met mijn linkerhand nam ik mijn rechterhand van de toetsen en trok haar frêle schouder naar me toe tot haar gezicht vlak bij het mijne was en haar lippen langs mijn oor streken. Ik moest mezelf geweld aandoen om mijn armen niet om haar heen te slaan. Ik werd bijna fysiek onpasselijk van mijn onbezonnenheid. Ik maakte het goed door op de terugweg een ijsje voor haar te kopen. Het was een dapper maar verwond kind, voor de wet een wees. Wij waren in loco parentis en zouden dat altijd blijven. Ze had op de hoogste verdieping haar eigen kamer naast die van Siobhan en in gedachten zag ik haar daar kuis en wonderschoon slapen en vroeg me af of de katholieken misschien gelijk hadden met het verheerlijken van de maagdelijkheid en of de ouders van Mary er misschien verstandig aan hadden gedaan om haar frêle schoonheid de beschermende naam van de moeder van hun God te verlenen.

HOE LANG MARY ELIZABETH bij ons heeft gewoond weet ik niet precies meer, maar na mijn ontslag als bioscooppianist op Third Avenue – de tijd van de geluidsfilm was namelijk aangebroken – werden Langley en ik het er onder vier ogen over eens dat het niet billijk was om haar nog langer bij ons te houden – een slotsom waartoe we in feite meer om onzentwille kwamen – en na uit onze slinkende middelen de benodigde bedragen te hebben gereserveerd, stuurden we haar naar het meisjesinternaat van de Sisters of Mercy in Westchester, waar ze muziek en Frans en moraalfilosofie kreeg en wat er verder nog aan educatiefs was waarmee ze zich van een beter bestaan kon verzekeren. Ze was dankbaar en niet al te bedroefd, want ze had van haar oma wel geleerd dat ze als weeskind niet anders kon verwachten dan van het ene tehuis naar het andere te worden gezeuld om hopelijk ooit een vorm van vastigheid te vinden waarin haar gebed zou worden verhoord.

Haar zachte toucher was iets wat ik had moeten laten passeren. Ze zocht tastenderwijs haar weg in de muziek zoals in het leven, een ouderloos kind dat een geloof in een redelijke wereld probeerde te herwinnen. Maar ze maakte op de buitenwereld geen zielige indruk, zomin als ze zich het zelfingekeerde gunde dat haar toch volledig toekwam. Ze was onverwoestbaar opgewekt. In de tijd dat we getweeën naar de bioscoop liepen, gaf ze me een arm alsof ik haar begeleidde zoals een man een vrouw begeleidt. Ze hield gelijke tred met me, zoals men doet als men een stel is. Ze wist dat ik er trots op was me vrijelijk door de stad te kunnen bewegen, en als ik een fout maakte, de straat wilde oversteken op het verkeerde moment of iemand op zijn hiel trapte – want ik liep liefst met de onbevangenheid van een ziende – hield ze me tegen of stuurde me bij met een vederlichte druk van haar hand. En dan zei ze iets alsof wat er zojuist was voorgevallen nooit was gebeurd. Die Buster, zei ze bijvoorbeeld – alsof ze de claxon niet had horen toeteren, de chauffeur niet had horen vloeken – die Buster is zo grappig. Hij werkt zich in de nesten en brengt er maar net het leven af en de uitdrukking op zijn gezicht verandert nooit. En je weet dat hij van het meisje houdt en niet weet hoe hij het met haar moet aanleggen. Dat is zo lief en oenig. Ik ben blij dat die film nog draait. Ik zou er wel altijd naar kunnen kijken. En u speelt er precies de goede begeleiding bij, oom Homer. Hij moest eigenlijk eens omlaagkomen van het doek en u een hand geven, dat meen ik.

IK KAN HET op dit moment niet opbrengen te vertellen wat er van Mary Elizabeth Riordan geworden is. Er gaat geen nacht voorbij of ik denk terug aan hoe we, toen ze naar die school ging, op het trottoir met haar tussen ons in op een taxi stonden te wachten die haar en haar ene koffer naar de Grand Central Terminal zou brengen. Ik hoorde er een stoppen en iedereen afscheid nemen, waarbij Langley zijn keel schraapte en Siobhan huilde en mevrouw Robileaux haar vanuit de deuropening boven aan de stoep haar zegen gaf. Ze zeiden me hoe lieftallig Mary eruitzag in de stijlvolle getailleerde overjas die wij haar ten geschenke meegaven. Ze was blootshoofds op deze kille zonnige septembermorgen. Je voelde zowel de warmte als de noordooster die erdoorheen woei. Ik beroerde haar haar en voelde zachte plukjes omhooggaan. En toen ik haar gezicht in mijn handen nam – het lieftallige magere gezicht en de resolute kin, haar slapen met de zachte, regelmatige hartslag, de ranke rechte neus en haar zachte glimlachende lippen – pakte ze mijn hand en drukte er een kus op. Vaarwel, vaarwel, fluister ik bij mezelf. Vaarwel, mijn lief, mijn meisje, mijn dierbare. Vaarwel. Alsof het nu op dit moment gebeurt.

MAAR HERINNERINGEN WORDEN niet temporeel gestuurd, ze maken zich los uit de chronologie, en dit alles gebeurde een hele tijd na de roekeloos verkwistende jaren waarin Langley en ik haast elke avond uitgingen in deze of gene nachtclub, waar dames met afgerolde kousen en korte rokjes bij je op schoot kwamen zitten en je rook in het gezicht bliezen en een steelse hand langs de binnenkant van je dij lieten gaan om te voelen wat je daar had. Sommige van die clubs waren vrij chic en hadden een behoorlijke keuken en een dansvloer, andere waren niet meer dan een kroeg in een keldertje, met muziek uit een radio op een plank aan de muur die een swingorkest uit Pittsburgh uitzond. Maar het maakte niet uit waar je heen ging, in al dit soort tenten kon de gin je dood worden, en overal hing dezelfde sfeer van mensen die lachten om wat niet grappig was. Maar het gaf een goed gevoel om ergens vaste klant te zijn en te worden binnengelaten en begroet

54

als een belangrijk man. In die eigenaardige avonden en nachten van de drooglegging hoefde maar ergens een wettelijk verbod te hangen – GEEN ALCOHOL – en iedereen werd laveloos. Volgens Langley was het clandestiene café, de speakeasy, de ware democratische smeltkroes. En het klopte, in een zo'n club, de Cat's Whiskers, raakte ik bevriend met een gangster die Vincent wilde worden genoemd. Dat het een echte was merkte ik aan het meelachen van de andere mannen aan tafel wanneer hij lachte. Hij was heel geïnteresseerd in mijn visuele onvermogen, deze Vincent. Hoe is dat nou, zonder ogen, zei hij. Ik antwoordde dat het wel meeviel, dat er manieren waren waarop ik mijn blindheid compenseerde. Hoe dan, zei hij. Ik zei dat ik na een paar glazen een vorm van zicht terugkreeg. Daar geloofde ik trouwens werkelijk in. Ik wist dat ik hallucineerde, want het zicht, dat ik wel degelijk had, ging niet verder dan mijn eigen wereld van indrukken en gedachten, waarin ik beelden produceerde op basis van wat mijn andere zintuigen me zeiden en er ter nadere detaillering mijn mensenkennis en mijn sympathie voor deze of afkeer van gene aan toevoegde. Als je nuchter bent, maak je zulke gevolgtrekkingen natuurlijk ook, dat weet ik wel, maar op momenten dat mijn hersensynapsen vuurden onder invloed van alcoholdampen kwam de helderheid van mijn georganiseerde indrukken neer op een soort gezichtsvermogen. Uiteraard ging ik er niet zo diep op in, ik zei gewoon dat ik met een hoop lawaai en muziek en natuurlijk drank, met sigarettenrook zo dik dat je erin bleef drijven, vrij goed schaduwen kon onderscheiden.

Hoeveel vingers steek ik in de lucht, zei hij. Geen een, zei ik. Die oude truc kende ik. Hij grinnikte en sloeg me op de schouder. Die vrijer is niet dom, zei hij. Hij had een iele fluisterstem, amelodieus op het gefluit na dat aan de bovenkant meeklonk, alsof hij een lekje in een van zijn longen had. Hij streek een lucifer af en hield hem voor mijn gezicht om de vertroebeling van mijn ogen te zien. Hij vroeg me te beschrijven hoe hij eruitzag. Ik stak mijn hand uit naar zijn gezicht, en een van zijn trawanten vloekte en greep mijn pols. Dat doen we niet, zei hij. Het geeft niet, laat hem maar, zei Vincent, en dus beroerde ik zijn gezicht en voelde ingevallen, pokdalige wangen, een scherpe terugwijkende kin, een haakneus, het naar boven toe breder wordende hoofd en dik golvend natgemaakt haar dat als een verenkleed vanuit de V op zijn voorhoofd naar achter opstak. Hij zat helemaal voorover om het me gemakkelijk te maken en ik moest denken aan een havik misschien, gekleed in een pak en een overhemd met manchetknopen. Dat zei ik hem, en hij lachte.

Het was spannend om met hem om te gaan als met een normaal mens, om te zitten praten met iemand waarvan je wist dat hij het leven niet achtte van wie mogelijk met hem van mening verschilde. Naar mijn ervaring met de misdadigers die we tegenkwamen was het in het algemeen waar dat ze als klasse uiterst lichtgeraakt waren. Het was een prikkelende gedachte dat ik Vincent onopzettelijk zou kunnen beledigen, een waardoor ik nonchalant werd in wat ik zei. Maar geen ontzag tonen bleek de juiste manier om hem te bejegenen. En ik stelde geen vragen, ik vroeg hem niet, zoals je een normaal mens zou kunnen vragen, wat hij deed, wat zijn beroep was. Want wat zou het? Wat hij ook deed, het maakte hem tot gangster. Dit was het soort spanning dat Langley en ik zochten wanneer we uitgingen in die dagen, toen we van een sociaal leven nog resultaat verwachtten. Het was als wat een dompteur moet voelen wanneer de leeuw op zijn krukje zit maar hem elk moment naar de keel kan vliegen. Vincent voerde me dronken. Ik was een vorm van verstrooiing voor hem, een blinde die kon zien. Hij recipieerde hier in feite, want men kwam naar hem toe om gedag te zeggen. Een vrouw die hij kende koos verblijf op zijn schoot, zodat hij een nieuwe afleiding had. Ik rook hen beiden in heel hun glorie, zijn sigaar, haar sigaret, zijn haarcrème, haar ginlucht. Uit haar abrupte verstommen midden in een zin leidde ik af dat hij met zijn hand onder haar jurk zat. Ik kon veel opmaken uit het lawaai om me heen. Het was een chique club voor een speakeasy, er speelde een levendig, zij het voorspelbaar dansorkest met veel bounce, een dominante ritmesectie, een banjo, een contrabas. De muziek was snel en mechanisch, maar dat leken de dansers niet erg te vinden, ze sprongen en stampten en bonkten met hun voeten op de vloer bij de downbeat. Maar er sneuvelde ook glaswerk, en uit het geschreeuw en geduw en getrek nu en dan begreep ik dat de vlam ieder moment in de pan kon slaan. Daarnaast bestond altijd de mogelijkheid van een politie-inval, zij het waarschijnlijk niet met lieden als Vincent in de zaak. Na een tijdje hoorde ik de vrouw die bij hem op schoot was gaan zitten zeggen: Hou daarmee op, schatje.

Oewie, zei ze, want anders. Want anders wat, mop, zei hij. Kom anders mee naar de dames, zei ze.

Ja. Ik herinner me die bewuste avond goed. Toen Langley en ik afscheid namen, liet mijn nieuwe vriend Vincent ons in zijn auto thuisbrengen. En wat voor auto, een met een lage grommer van een motor en pluchen bekleding en een man die in de penozeversie van livrei voorin naast de bestuurder zat.

De auto stopte bij ons voor de deur en bleef nadat wij uitgestapt waren nog een heel tijdje stationair staan draaien alvorens door te rijden. Langley zei: Dat was dus fout. We waren boven aan de stoep blijven staan. Het zal drie uur 's nachts geweest zijn. Ik had een leuke avond gehad. De lucht was fris. Het was in het vroege voorjaar. Ik rook de uitlopende bomen in het park aan de overkant. Ik ademde diep in. Ik voelde me sterk. Ik was sterk, ik was jong en sterk. Ik vroeg Langley wat er fout aan was. Ik vind het niks dat het gespuis nu weet waar we wonen, zei Langley.

LANGLEY DEED NIET denigrerend over mijn bewering dat ik kon zien als ik wat ophad. Weet je, Homer, zei hij, onder filosofen wordt eindeloos gediscussieerd over de vraag of we de werkelijke wereld zien of alleen de wereld zoals die zich in ons hoofd aan ons voordoet, wat niet per se hetzelfde is. En als dat zo is, als de werkelijke wereld A is en hetgeen we in ons hoofd geprojecteerd zien B, en als we het daarmee moeten doen, dan ben je niet alleen met dit probleem.

Tja, zei ik, in dat licht zijn mijn ogen misschien even goed als die van ieder ander.

Ja, en misschien zul je ooit, als je ouder bent en meer weet, meer ervaringen in je hersenen opgeslagen hebt, zul je dan nuchter kunnen zien wat je nu ziet met een slok op.

Dat Langley deze mening toegedaan was, kwam doordat zij naadloos aansloot bij zijn Vervangingstheorie, die hij inmiddels had uitgewerkt tot een metafysisch soort idee van de herhaling of wederkeer van de hoogte- en dieptepunten in het leven, waarin steeds hetzelfde gebeurde, vooral gegeven de gestelde beperkingen van de menselijke intelligentie, aangezien de homo sapiens nu eenmaal een soort was die, in zijn woorden, geestelijk tekortkwam. Waardoor wat je wist uit het verleden kon worden toegepast op het heden. Mijn deductieve gezichtsvermogen strookte met Langleys hoofdproject: het verzamelen van de dagbladen met het uiteindelijke doel een eendagseditie van een krant samen te stellen die tot in aller eeuwigheid zo kon worden gelezen dat zij volstond voor elke dag nadien.

Ik ga hier nog even over door, want Langley had weliswaar tal van projecten, zoals het een rusteloze geest betaamde, maar dit was er een waarin hij volhardde. Vanaf de allereerste dag dat hij de ochtendkranten ging kopen tot het eind van zijn leven, toen zijn pakken kranten en dozen met knipsels zich in elke kamer van ons huis van de vloer tot het plafond verhieven, verslapte zijn interesse nooit.

Langleys project bestond in het tellen en archiveren van

krantenberichten naar categorie: invasies, oorlogen, massamoorden, auto-, trein- en vliegtuigongelukken, huwelijksschandalen, seksschandalen, overvallen, moorden, lynchpartijen, verkrachtingen, politieke wandaden, met de onderafdeling verkiezingsfraude, wanpraktijken bij de politie, afrekeningen in het criminele milieu, beleggingsaffaires, stakingen, branden, rechtszaken civiel, rechtszaken straf, enzovoorts. Er was een aparte categorie voor natuurrampen zoals epidemieën, aardbevingen en orkanen. Ik kan me niet alle categorieën herinneren. Zoals hij het uitlegde, zou hij uiteindelijk – wanneer zei hij niet – genoeg statistisch materiaal hebben om zijn bevindingen toe te spitsen op die soorten gebeurtenissen die door hun frequentie richtinggevend menselijk gedrag vertegenwoordigden. Daar voerde hij dan nadere statistische bewerkingen op uit, tot zich een sjabloonstructuur uitkristalliseerde die hem zei welke artikelen op de voorpagina hoorden, welke op pagina twee, enzovoorts. Ook de foto's moesten van glossen worden voorzien en geselecteerd op hun representativiteit, maar dat, erkende hij, was moeilijk. Misschien moest hij maar afzien van foto's. Het was een reusachtige onderneming waar hij ettelijke uren per dag mee bezig was. Hij vloog de deur uit om alle ochtendkranten te kopen, en 's middags de avondkranten, en dan had je nog de handelsbladen, de schandaaljournalistiek, de rariteitenpers, het variéténieuws, enzovoorts. Hij wilde het Amerikaanse leven eens en voor al vastleggen in één editie, Collyers eeuwig actuele tijdloze nieuwsblad, zoals hij het noemde, de enige krant die een mens ooit nodig zou hebben.

Voor vijf cent, zei Langley, krijgt de lezer een portret op krantenpapier van ons leven op aarde. De artikelen zullen zich niet in het soort minieme details verliezen dat je in de gewone dagelijkse sufferdjes aantreft, want het werkelijke nieuws betreft de Universele Vormen, waarvan die minieme details toch alleen maar een illustratie zijn. De lezer is altijd bij en op de hoogte van wat er gebeurt. Hij heeft de zekerheid dat wat hij leest de onomstotelijke waarheden van de dag zijn, waaronder die van zijn naderende dood, waarvan keurig mededeling zal worden gedaan met een nummer in het blanco kader onder de kop Overlijdensberichten op de achterpagina.

Natuurlijk had ik hier een hard hoofd in. Wie zou er zo'n krant willen kopen? Ik kon me geen krantenartikel voorstellen dat je de verzekering gaf dat er iets gebeurde, maar zonder erbij te zeggen waar of wanneer of wie het gebeurde.

Mijn broer lachte. Maar Homer, zei hij, zou jij niet graag een stuiver overhebben voor zo'n krant als je er daarna nooit meer een hoefde te kopen? Ik geef toe dat het lastig zou zijn voor de vishandel maar het grootste goed van de grootste groep moet de doorslag geven.

En sport? zei ik.

Wat voor sport het ook is, zei Langley, er wint er een en er verliest er een.

En kunst?

Kunst geeft eerst aanstoot en vindt dan ingang. Er wordt opgeroepen tot vernietiging ervan, en dan begint het bieden.

Stel dat zich iets voordoet wat zonder precedent is, zei ik. Waar blijf je dan met je krant?

Zoals?

Zoals de evolutieleer van Darwin. Zoals de relativiteitstheorie van die Einstein.

Je kunt stellen dat die theorieën de oude vervangen. Albert Einstein vervangt Newton, en Darwin vervangt Genesis. Niet dat we er wijzer van zijn geworden. Maar ik moet je nageven dat beide theorieën zonder precedent zijn. En? Wat weten we nu echt? Als elke vraag beantwoord is, zodat we alles weten wat er te weten valt over het leven en het universum, wat dan? Wat is er dan anders geworden? Vergelijk het met weten hoe een verbrandingsmotor werkt. Meer zal het niet zijn. Het duister blijft evengoed.

Welk duister? zei ik.

Het diepste duister. Je weet wel: het duister dieper dan de zeebodem daalt.

Langley zou zijn krantenproject nooit voltooien. Dat wist ik, en ik ben ervan overtuigd dat hij het ook wist. Het was het soort handenwrijvend uitgedachte gekkenwerk waardoor hij geestelijk zo gestemd bleef als hij wenste. Het gaf hem kennelijk de mentale oppepper die hij nodig had om door te gaan, deze arbeid aan iets met geen ander doel dan de systematisering van zijn ongenadige levensbeschouwing. Zijn energie leek me soms onnatuurlijk van aard. Alsof alles wat hij deed erop gericht was om bij de levenden te blijven. Desondanks zakte hij soms dagen achtereen weg in een moedeloos makende lethargie. Een die mij moedeloos maakte, bedoel ik. Ik raakte er wel eens mee besmet. Dan leek niets nog de moeite waard en was het huis als een graf.

EN WARE TROOST was niet te vinden bij de hoeren die niemand minder dan Vincent, de gangster met de piepstem, ons op een avond stuurde als cadeautje voor mij, zijn beste blinde vriend. Jacqueline, je zult het me moeten vergeven, maar je hebt me voorgehouden onbevreesd te zijn en op te schrijven wat bij me bovenkomt. Toen onze klokken middernacht sloegen, stonden ze voor de deur, twee vrouwen met een brede glimlach die ik horen kon en een grote taart op een roltafeltje, dat door dezelfde chauffeur die ons een maand eerder had thuisgebracht rammelend de hal in werd geduwd, en een half dozijn in ijs gekoelde flessen champagne.

Het vergt de nodige drank om de huiverigheid te verdrijven die iemand bevangt als ontvanger van een geschenk van een gangster. Het was ten eerste mijn verjaardag niet, en wat konden we, ten tweede, aangezien het alweer een tijdje geleden was dat we Vincent hadden ontmoet, anders concluderen dan dat we a) nu een speld op zijn plattegrond waren en b) tegen wil en dank een mysterieuze verplichting op ons zouden kunnen laden?

De dames leken van hun kant huiverig voor ons, of misschien voor onze woning, Fifth Avenue aan de buitenkant en een soort pakhuis in wording vanbinnen. Langley en ik lieten hen plaatsnemen in de muziekkamer en excuseerden ons om te overleggen. Gelukkig had zowel Siobhan als mevrouw Robileaux zich allang teruggetrokken, dus dat was het probleem niet. Het probleem was dat deze beroepsvrouwen niet konden worden weggestuurd zonder een man te beledigen wiens lichtgeraaktheid groot en mogelijk levensgevaarlijk was. Toen we dit dilemma bespraken in de zilverkamer, hoorde ik Langley champagneglazen op een blad zetten, dus veel zou dit overleg niet voorstellen.

Tot onze verdediging voer ik aan dat we indertijd nog betrekkelijk jonge mannen waren, en al enige tijd verstoken van het elementaire mannelijke uitdrukkingsmiddel. En als deze geste van iemand die we amper kenden door haar buitensporigheid verdacht leek, dan was er ook nog zoiets als de potlatch van de inboorlingen, een vorm van zelfvergroting door middel van het uitdelen van rijkdommen, en wat was die Vincent anders dan een soort tribale sachem met het vaste voornemen zichzelf te doen stijgen in andermans achting? En dus dronken we de champagne, wat tot effect had dat elke andere gedachte dan die aan het moment van nu wegviel. Deze ene nacht zouden we uit onze somberte verrijzen, roekeloos lichtzinnig en in de ban van de filosofische overtuiging dat er iets te zeggen viel voor een leven in liederlijkheid.

En laat ik dit zeggen van de vrouw die naar mijn bed kwam: ze vond het niet vernederend om te worden meegeleverd met een laagjestaart en een fles champagne. En ik begreep dat ze de naam die ze me noemde verzon. Dus meende ik te bespeuren, toen het gegiechel voorbij was en het echte werk begon, dat gerijpt inzicht haar leven bestierde en dat haar leven losstond van haar levensonderhoud. Ze had gratie, ze was niet ordinair. Daarnaast was ze gewoon aardig, en dat ze beroeps was, loste goeddeels op in de simpele feitelijkheid van een klein vrouwenlichaam. Ze kuste na afloop mijn ogen, waarop ik haast begon te huilen van dankbaarheid. Toen ze vertrokken was, toen ze allebei vertrokken waren en ik hun auto hoorde wegrijden, wist ik vrij zeker dat Vincent, hun baas, deze hoeren niet kon hebben gekend zoals Langley en ik ze kenden. Het was of hun wezen uitdijde of inkromp naargelang van wie het was, qua innerlijke beschaving, die ze aanraakte.

Langley zei over zijn ontmoeting alleen dat het uiteindelijk zinloos was, dit copuleren van twee vreemden, van wie de een het om het geld deed. Hij was niet van plan om onze met champagne geïntroduceerde geneugten als zodanig te erkennen. Hij was ervan overtuigd dat we hoe dan ook nog eens zouden moeten betalen voor de gulheid van mijn gangstervriend, dat we niet van hem af waren. Ik beaamde het, hoewel we Vincent de Gangster met het verstrijken van de jaren waarin taal noch teken van hem werd vernomen volledig zouden vergeten. Destijds leek Langleys voorgevoel echter maar al te reëel. Zodat de volgende dag al voor het middaguur de tedere gevoelens van mijn dronken ik waren onttroond en mijn sombere inborst hun plaats weer had ingenomen.

IN AL DIE jaren na de oorlog had Langley nog alsmaar geen gezellin in de liefde gevonden. Ik wist dat hij zoekende was. Hij heeft een tijdje serieus werk gemaakt van ene

Anna. Een eventuele achternaam heb ik nooit gehoord. Toen ik hem vroeg hoe ze eruitzag, zei hij: Als een actievoerster. Ik merkte voor het eerst iets van haar bestaan toen hij van zijn nachtelijke verkenningen begon thuis te komen met alleen maar een handvol vlugschriften, die hij even voorbij de voordeur op het wandtafeltje smeet. Ik mat de ernst van zijn passie af aan het onkarakteristieke opdoffingsritueel dat hij uitvoerde voor hij 's avonds uitging. Hij riep naar Siobhan wanneer hij geen stropdas kon vinden of een gewassen overhemd wilde.

Maar hij kreeg geen poot aan de grond in deze verkering. Toen hij op een avond vrij vroeg terugkeerde, kwam hij de muziekkamer binnen, waar ik zat te studeren, en ging zitten luisteren. Dus stopte ik uiteraard, draaide me om op het bankje en vroeg hoe de avond verlopen was. Ze heeft het te druk om uit eten te gaan of wat ook, zei hij. Ze heeft alleen tijd voor me als ik met haar meega naar een bijeenkomst. Als ik met haar op een straathoek folders ga uitdelen aan voorbijgangers. Alsof ik een toets moet doorstaan. Ik heb haar ten huwelijk gevraagd. Weet je wat haar antwoord was? Een verhandeling over het huwelijk als gelegaliseerde vorm van prostitutie. Toch niet te geloven? Zouden alle radicalen zo gestoord zijn?

Ik vroeg Langley wat voor radicaal ze was. Wie zal het zeggen, zei hij. Wat maakt het uit? Ze is een soort socialistische anarchistische anarchosyndicalistische communiste. Wie er niet bij hoort, kan nooit precies zeggen wie wat is. Als ze geen bommen gooien, zijn ze druk met het uiteenvallen in facties.

Niet lang hierna vroeg Langley me op een avond of ik zin had om met hem naar de steiger ter hoogte van Twentieth Street te gaan en Anna uit te zwaaien. Ze werd uitgewezen naar Rusland en hij wilde afscheid nemen. Kom op dan, zei ik. Ik was nieuwsgierig naar de vrouw in wie mijn broer zo geïnteresseerd geweest was.

We hielden een taxi aan. Ik moest onwillekeurig denken aan de keer dat wij kinderen onze ouders uitzwaaiden toen ze met de Mauretania naar Engeland gingen. Bij het zien van de kolossale witte romp en vier torenhoge rood met zwarte schoorstenen was ik gestopt met huilen. Overal wapperden vlaggen, en honderden mensen hingen zwaaiend over de reling toen dit reusachtige schip zich met een schijnbaar geheel eigen en grote, voorname bewustheid begon te verwijderen van de kade. Ik schrok me dood toen de bassende scheepshoorns dreunden. Wat was dat allemaal prachtig. Geen vergelijk met wat we aantroffen aan het eind van Twentieth Street om er op de steiger afscheid te nemen van Langleys vriendin Anna. Het regende. Er was een soort demonstratie aan de gang. We stuitten op een politieafzetting. We konden niet dichtbij komen. Wat een troosteloze schuit, zei Langley. De passagiers aan boord waren uitgewezenen, een heel schip vol. Ze stonden schreeuwend aan de reling en zongen de Internationale, hun socialistische volkslied. Op de steiger werd meegezongen, maar niet synchroon. Het was alsof je de muziek hoorde en vervolgens de echo. Ik zie haar niet, zei Langley. Fluitjes snerpten. Ik hoorde vrouwen gillen, ik hoorde dienders vloeken en hun knuppel hanteren. Een politiesirene in de verte. Het was misselijkmakend om aan de luchttrillingen het brute optreden van het gezag te voelen vorderen. En toen hoorde ik donder en ging de regen over in een stortbui. Naar mijn indruk werd het rivierwater opgeslingerd in de lucht om vervolgens op ons neer te vallen, zo stonk het.

Langley en ik gingen naar huis, waar hij ons een glas whisky inschonk. Zie je, Homer, zei hij, er bestaat niet zoiets als een wapenstilstand.

TOEN BRAK ER een periode aan waarin mijn broer een paar keer van onze uitspattingen thuiskwam met een vrouw uit een nachtclub met wie hij het een week of maand aanzag alvorens haar het huis uit te zetten. Hij trouwde zelfs met ene Lila van Dijk, die een jaar bij ons woonde voor hij haar het huis uit zette.

Lila van Dijk en hij konden haast van meet af aan niet met elkaar overweg. Het was niet alleen dat ze niet tegen de stapels kranten kon; daarin verschilde ze niet van de meeste vrouwen die de boel aan kant willen hebben. Lila van Dijk had haar zinnen erop gezet alles te veranderen. Ze schoof met het meubilair en hij plaatste alles terug zoals het stond. Ze klaagde over zijn gehoest. Ze klaagde dat er overal sigarettenas lag. Ze klaagde over het schoonmaken van Siobhan, ze klaagde over het koken van mevrouw Robileaux. Ze klaagde zelfs over mij: hij is even erg als jij, hoorde ik haar tegen Langley zeggen. Het was een heerszuchtig klein vrouwtje, en omdat haar ene been korter was dan het andere, droeg ze een schoen met verhoogde zool, die ik de trappen op en af en de kamers in en uit hoorde klakken als ze op inspectieronde was. Omtrent Langleys Anna zei mijn intuïtie me niets, een onduidelijke stem in een koor van stemmen op een schip. Over zijn Lila van Dijk wist ik meer dan ik weten wilde.

Ze waren getrouwd op het landgoed van haar ouders in Oyster Bay, en waar ik me voor de gelegenheid had gekleed in mijn linnen zomerbroek en blauwe blazer, stond Langley in zijn vaste slobbercorduroy en een open overhemd met opgerolde mouwen voor de dominee. Ik had hem proberen te bepraten, maar zonder succes. En hoewel de Van Dijks zich niet lieten kennen en deden of ze geloofden dat hun aanstaande schoonzoon gekleed ging in een bohemienachtige Arts and Crafts-stijl, merkte ik wel dat ze woedend waren.

Lila van Dijk en Langley oefenden dagelijks hun discussietechniek. Ik ging achter de piano zitten om ze te overstemmen, en als dat niet lukte, maakte ik een wandeling. Het kwam tot een definitieve breuk tussen hen door toedoen van de kleinzoon van mevrouw Robileaux, Harold, die uit New Orleans naar het Noorden was gekomen met een koffer en een kornet. Harold Robileaux. Toen we eenmaal beseften dat hij in huis was, richtten we een bergruimte in het souterrain voor hem in als zijn kamer. Hij nam zijn muziek serieus en studeerde uren achtereen. En hij was goed. Hij nam bijvoorbeeld een gezang als 'He walks with me/ And He talks with me/ And He tells me I am His own...' en vertraagde het tempo om de zuivere tonen van zijn kornet goed te laten uitkomen, een warmer geluid dan je ooit van koper zou verwachten. Ik merkte wel dat hij zijn instrument echt doorgrondde en liefhad. De muziek steeg op door de muren heen en verspreidde zich door de vloeren, zodat ons huis wel het instrument leek. En als hij dan een couplet of twee gespeeld had, genoeg om een mens zijn heidendom te doen berouwen, verhoogde hij het tempo met kleine stotterende syncopes – wat klonk als *He waw-walks with me, and taw-talks with me and tells me, yes he tells me I'm his own de own doe-in* – en van het ene moment op het andere werd het een gezang vol innige vreugde waarop je wel zou willen dansen.

Ik had swing gehoord op de radio en uiteraard de clubs bezocht waar een dansorkest speelde, maar de hymnische improvisaties van Harold Robileaux bij ons in het souterrain waren mijn kennismaking met de negerjazz. Ik zou die muziek zelf nooit onder de knie krijgen, *stride*, de blues en die latere ontwikkeling, de boogiewoogie. Uiteindelijk liet Harold, die erg verlegen was, zich ertoe overhalen boven in de muziekkamer te komen. We probeerden samen iets te spelen, maar dat wilde niet echt lukken, ik was te traag, ik had het oor niet voor wat ik van hem kon verwachten, ik kon niet componeren zoals hij, een wijsje nemen en daar dan eindeloos op variëren. Hij probeerde me te laten invallen bij wat hij had ingezet, het was een zachtmoedige jongen met een eindeloos geduld, maar ik had het niet in me, die gave voor improvisatie, die vitaliteit.

Maar we konden goed met elkaar overweg, Harold en ik. Hij was kort van gestalte, gezet, en hij had een gaaf rond gezicht, met die bruine kleuring die anders aanvoelt dan een blanke huid, volle wangen en dikke lippen: de perfecte fysionomie, ademhaling en embouchure voor zijn instrument. Als hij naar mijn Bach luisterde, zei hij: Zeker, zo is het. Hij had een zacht geluid, behalve als hij speelde, en hij was nog jong genoeg om te geloven dat de wereld hem rechtvaardig zou behandelen als hij hard werkte en zijn best deed en speelde met hart en ziel. Zo jong was hij, hoewel hij drieëntwintig zei te zijn. En zijn oma... werkelijk, hij was nog niet bij ons in huis geïnstalleerd of heel haar persoonlijkheid veranderde: ze aanbad hem en bezag ons tweeën met een toegeeflijkheid en begrip die nieuw waren. We hadden hem zonder een moment van aarzeling geaccepteerd, hoewel ze hem, geheel in stijl, had binnengehaald en een paar dagen verstopt had gehouden zonder het nodig te vinden ons te informeren. We merkten pas dat we een kostganger hadden toen we zijn kornet hoorden, wat ook het moment was dat zij eraan dacht ons te komen zeggen dat Harold Robileaux een tijdje bleef logeren.

Ik hoorde hem graag spelen, evenals Langley; het was een nieuw element in ons leven. Harold ging elke avond uit in Harlem en raakte er uiteindelijk bevriend met andere jonge muzikanten, en samen vormden ze hun eigen orkestje, dat bij ons thuis kwam repeteren. Daar waren we allemaal heel gelukkig mee, behalve Lila van Dijk, die het ongelofelijk vond dat Langley zonder overleg met haar de Harold Robileaux Five toestond om in huis hun ordinaire muziek te komen maken. Vervolgens zette Langley op een dag de voordeur open om de voorbijgangers binnen te laten die beneden aan de stoep waren blijven staan luisteren, en ondanks de muziek en het publiek dat zich had verzameld in de zitkamer en de muziekkamer – want Langley had de schuifdeuren ertussen opengezet – hoorde ik met mijn scherpe gehoor dwars door de klanken van de leidende kornet en het ondersteunende ritme van de kleine trom en de tuba en het meekabbelen van mijn gerekwireerde piano en de sopraansax en de met hun vingers in de maat meeknippende mensen, hoorde ik daardoorheen boven me het gekrijs van Lila van Dijk en de grommerige vloekende antwoorden van mijn broer, bezig met de feitelijke beëindiging van hun huwelijk.

Dit zal ons een aardige duit kosten, zei Langley toen Lila weg was. Als ze eens één keer gehuild had, als ze ook maar iets van kwetsbaarheid had getoond, zou ik geprobeerd hebben een en ander vanuit haar standpunt te bekijken, al was het maar uit respect voor haar vrouwelijkheid. Maar ze was onhandelbaar. Halsstarrig. Dwars.

Homer, misschien kun jij me vertellen waarom ik verliefd word op vrouwen die niet meer dan een noodlottige spiegel van mezelf zijn.

DIE DAG WAAROP de mensen vanaf de straat waren binnengekomen om naar de muziek van de Harold Robileaux Five te luisteren, zat misschien nog in Langleys achterhoofd toen hij een paar jaar later het idee van een wekelijks thé dansant opperde. Of misschien herinnerde hij zich wat Harold over de huisfeesten had gezegd waarop hij speelde bij particulieren in Harlem.

Vroeger gaven onze ouders wel eens een thé dansant, waarvoor het publieke deel van ons huis werd opengesteld en ze al hun vrienden uitnodigden in de namiddag. Mijn moeder dofte ons op voor die gelegenheden. Ze liet ons opdraven om de ongemeende complimenten van de gasten in ontvangst te nemen alvorens de gouvernante weer met ons naar boven ging. Langley heeft misschien teruggedacht aan de ambiance van die dansmiddagen en een zeker commercieel perspectief gezien in het weer opvatten van de gewoonte. Want we hadden ons natuurlijk georiënteerd; we waren op Broadway geweest, waar een kleine twintig dansgelegenheden waren opgeschoten die een dubbeltje per dans vroegen en die vrouwen in dienst hadden ten behoeve van de mannen die zonder eigen partner binnenkwamen. We kochten ieder een tienrittenkaart en dansten die af tot het eind, een strookje afgevend aan elke dame die we in onze armen namen om mee te dansen. Het was een ervaring die op z'n zachtst gezegd niet meeviel, daar in die tochtige bedrijfsruimtes waar de sfeer het moest hebben van sigarenrook en lichaamsgeur en de muziek uit luidsprekers kwam en degene die de platen draaide wel eens vergat wanneer een nummer afgelopen was zodat je het klik-klik van de naald in de uitloopgroef hoorde of zelfs de luide kras waarmee de naald vanuit die groef over het label midden op de plaat schoot. Iedereen bleef staan wachten op de volgende plaat, en als er na een minuut nog niets gebeurde, begonnen de mannen te fluiten of schreeuwen en ging iedereen in zijn handen staan klappen. Eén zo'n zaal was een voormalige ijsbaan, dus ga maar na wat een naargeestige spelonk dat was. Langley zei dat er gekleurde lampjes hingen waardoor alles er nog armoediger uitzag en dat er een paar uitsmijters stonden met hun armen over elkaar. De vrouwen in dit soort gelegenheden waren naar mijn indruk doorgaans verveeld, al wisten sommige de energie op te brengen om te vragen hoe je heette en een praatje te maken. Als ze zeker meenden te weten dat je geen diender was, deden ze je soms zachtjes een zakelijk voorstel, wat mij over het algemeen vaker overkwam dan Langley, want blinden zijn zeldzaam bij de politie. Maar meestal waren het oververmoeide meiden die betere tijden gekend hadden als verkoopster in een warenhuis of als serveerster of als typiste op kantoor en nu wat probeerden te verdienen met dit stukwerk als danspartner. Ze leverden aan het eind van een dienst hun verzamelde strookjes in en werden naar rato betaald. Ik kreeg intuïtief een indruk van hun karakter door hun lichamelijkheid: of ze licht waren om vast te houden en mee te foxtrotten, of ze eerder geneigd waren te leiden dan zich te laten leiden, of ze lusteloos waren en misschien onder invloed van iets, of ze zwaar waren, dik zelfs, zodat je hun kousen aan de binnenkant van hun dijen hoorde schuren terwijl ze met je opdansten. Alleen al uit hun hand in jouw hand kon je een hoop afleiden.

En zoals te verwachten was, vestigde Langley zijn commerciële hoop op dansmiddagen voor het soort mensen dat zich voor geen goud in zulke dancings zou vertonen.

Voor de eerste paar thé dansants op de dinsdagmiddag nodigden we bekenden uit, zoals vrienden van onze vader en moeder, met de eventuele generatiegenoten van ons die ze meebrachten. Langley en Siobhan herschiepen het eetzaaltje tot dansgelegenheid door de eettafel voor achttien personen uit elkaar te halen, de stoelen aan de kant te zetten en het kleed op te nemen. Onze ouders huurden indertijd muzikanten voor hun middagen – doorgaans een trio bestaande uit een piano, bas en kleine trom, met een drummer die zich van de zachte fluisterende brushes bediende – maar wij hadden platen, want al ver voor de crisisjaren, waarin zovelen werkeloos werden en mannen in het pak en met een stropdas in de rij stonden voor de gaarkeukens, was Langley begonnen grammofoons te verzamelen, zowel van het oude tafelmodel met een stalen naald en een weergever aan het eind van een holle gebogen chromen arm als de modernere elektrische Victrola's, waarvan er enkele op de grond stonden als een meubelstuk, met de luidspreker weggewerkt achter geribde, met doek bespannen panelen.

Die eerste dansmiddagen waren strikt sociale aangelegenheden, zonder entree. In de pauzes zaten de mensen op de stoelen tegen de wand en dronken hun thee en pakten een koekje van de schaal die mevrouw Robileaux hun voorhield. Maar het nieuws verbreidde zich natuurlijk, en na een paar weken verschenen er mensen die geen uitnodiging hadden en begonnen we entree te heffen bij de voordeur. Het pakte precies zo uit als gehoopt.

Ik moet erbij zeggen dat wij ons in zoverre onderscheidden, wij tweeën bedoel ik, dat we al ver voor de krach veel van ons geld waren kwijtgeraakt, hetzij door slechte beleggingen of door ons buitensporige uitgaansleven en andere verkwistende gewoonten, ofschoon we welbeschouwd zeker niet armlastig waren en er nooit zo slecht voor hebben gestaan als menig ander. Maar Langley was het soort natuur dat zich geldzorgen maakte ongeacht of er serieuze geldzorgen waren. Ik bezag onze situatie realistischer en met meer gerustheid, maar ik sprak hem niet tegen wanneer hij ons bij het maandelijkse doornemen van de rekeningen bittere armoe in het vooruitzicht stelde. Het leek wel of hij het even moeilijk wilde hebben als ieder ander tijdens de crisis. Hij zei: Heb je gezien, Homer, hoe ze in die dancings geld verdienen aan mensen die het niet hebben? Dat kunnen wij ook!

Na verloop van tijd liep het zo goed dat er te veel dansers waren voor de eetzaal, en dus werden de zitkamer en de salon ook onttakeld. De arme Siobhan had haar handen meer dan vol aan het in de hoek schuiven van de meubels en het opnemen van de kleden en het sjouwen met poefs en het naar de kelder dragen van tiffanylampen. Langley haalde betaalde krachten van straat om te helpen met heel die verhuizing, maar Siobhan kon hen niet zonder toezicht laten werken; bij elke deuk of kras of bluts in de vloer verging haar wereld. Om van het schoonmaken en alles weer terugzetten na afloop maar te zwijgen.

Langley was de stad in gegaan om enkele tientallen platen met populaire muziek aan te schaffen, zodat we niet steeds dezelfde nummers hoefden te draaien. Op Sixth Avenue, op de hoek met Forty-third Street, waar het Hippodrome-theater gevestigd was, had hij een muziekwinkel gevonden waarvan de eigenaar praktisch een musicoloog was en over opnamen van swingorkesten en crooners en zangeressen beschikte die geen enkele andere winkel had. Wat ons voor ogen stond, was om mensen die van de hand in de tand leefden een waardige vorm van sociaal verkeer te bieden. We rekenden geen bedrag per dans maar vroegen een dollar entree per paar – we lieten alleen paren toe, geen mannen alleen, geen gajes op zoek naar vrouwen – en daarvoor mocht men twee uur dansen en kreeg men koekjes en thee en, tegen bijbetaling van een kwartje, een glas cream sherry. Langley nam elke dansmiddag even voor vieren zijn plaats bij de voordeur in en liet na ongeveer tien minuten, wanneer de meesten die wilden komen binnen waren, een ereschaal in de hal achter. Een dollar was geen onbeduidend bedrag in die tijd, en onze klanten, veelal buren van ons uit de zijstraten van Fifth Avenue die vroeger in goeden doen waren geweest en de waarde van een dollar kenden, kwamen stipt op tijd naar het thé dansant om waar voor hun geld te krijgen.

We gebruikten drie kamers in het publieke deel van ons huis voor het dansen. Langley bediende de draaitafel in de eetzaal, ik verrichtte hand-en-spandiensten in de salon en totdat Langley had uitgezocht hoe hij alles zo met luidsprekers kon verbinden dat één platenspeler in alle drie de kamers te horen was, huurde hij een mannetje om de boel aan de gang te houden in de zitkamer. Mevrouw Robileaux stond achter de sherrybar en hield de klanten die langs de wanden zaten haar presenteerblad met zelfgebakken koekjes voor.

Ik had vrij eenvoudig geleerd om de plaat zonder ge-stuntel op de draaitafel te leggen en de naald precies waar hij zijn moest in de groef te zetten. Het deed me deugd een bijdrage te kunnen leveren. Het was een bijzondere er-varing voor me om iets te doen waarvoor mensen bereid waren te betalen.

Maar er vielen hier lessen te leren. Steeds als ik eens een van de levendiger nummers opzette, liep de dansvloer leeg. Bij alles wat vlot en vrolijk was ging men meteen zit-ten. Ik kon de stoelen horen schrapen. Ik zei tegen Lang-ley: De mensen die naar ons thé dansant komen, hebben geen levenslust meer. Het gaat ze er niet om een leuke middag te hebben. Ze komen hier om elkaar vast te hou-den. Dat is in de grond wat ze willen: elkaar vasthouden en door de kamer draaien.

Hoe kun je dat zo stellig zeggen van al die paren? zei Langley. Maar ik had naar het geluid van hoe ze dansten geluisterd. Slaapdronken gesust schuifelden ze slepend rond. Ze maakten een vreemd onaards geluid. De muziek van hun voorkeur was inhoudsloos en traag, te meer wan-neer die werd gespeeld door een slecht Engels swingorkest met een hoop violen. Zo al met al was ik ons thé dansant op de dinsdagmiddag als een gelegenheid voor publiek rouwbetoon gaan beschouwen. Zelfs de communist die beneden aan de stoep zijn vlugschriften stond uit te delen, kreeg geen leven in deze brouwerij. Volgens Langley was het een klein mannetje, een knul met dikke brillenglazen en een posttas vol marxistische traktaatjes. Ik hoorde de vent boven alles uit; hij was knap lastig met zijn snijdende stem. Het trottoir is niet van jullie, zei hij, het trottoir is voor het volk! Hij week geen duimbreed, maar het gaf niet, hij had hoe dan ook geen succes met het uitdelen van zijn vlugschriften. De stellen die naar onze dansmiddag kwamen in hun glimmende pak met versleten kraag, hun kale jas en vormeloze jurk, waren nu net de kapitalistische uitbuiters die hij wilde laten opstaan om zichzelf omver te werpen.

Alleen Langley, de journalist der journalisten, nam uiteindelijk iets van zijn communistische lectuur aan, en wel de *Daily Worker*, hun krant, die in de kiosken niet altijd te krijgen was, en hij had het nog niet gedaan of de knul vond zijn taak kennelijk volbracht, want hij beende ervandoor en heeft zich nooit meer bij onze thé dansants laten zien.

Maar die was toen natuurlijk ook al niet zo'n lang leven meer beschoren.

HET ZWARE HUISHOUDELIJK werk waarmee onze onderneming gepaard ging, werd de arme Siobhan inderdaad te veel. Toen ze op een ochtend niet uit haar kamer naar beneden kwam, ging mevrouw Robileaux boven kijken wat er was en trof ze de arme vrouw dood aan in bed, met een rozenkrans om haar vingers.

Siobhan had voor zover ons bekend geen familie en er lagen geen brieven in haar ladekast, niets wat erop duidde dat ze een leven buiten ons huis had gehad. Maar we vonden wel haar spaarbankboekje. Driehonderdvijftig dollar, een fors bedrag in die tijd, tot je besefte dat het heel haar spaarkapitaal was na meer dan dertig jaar bij de familie te hebben gewerkt. Ze had natuurlijk haar kerk, de St.-Agnes in West, die de uitvaartplechtigheid voor ons regelde. De priester daar nam Siobhans spaarbankboekje in dank aan; het saldo, zei hij, zou na het afwikkelen van de gebruikelijke bureaucratische rompslomp worden bestemd voor de bestrijding van de onkosten van de kerk.

Bij wijze van zoenoffer plaatste Langley overlijdensadvertenties in elke krant die de stad rijk was, niet alleen in de grote zoals het *Telegram* en de *Sun* en de *Evening Post* en de *Tribune*, de *Herald*, de *World*, het *Journal*, de *Times*, de *American*, het *News* en de *Mirror*, maar ook in de *Irish Echo* en de kranten voor de buitengewesten zoals de *Brooklyn Eagle* en het *Bronx Home News* en zelfs het *Amsterdam News*, voor de kleurlingen. Inhoudende dat deze goede, vrome vrouw haar leven had gewijd aan het dienen van anderen en met haar eenvoud van hart en passie voor properheid het leven had verrijkt van twee generaties van een dankbare familie.

Maar ho even – ik kan me vergissen in het aantal kranten waarin de advertentie voor Siobhan verscheen, want in deze tijd was de *World* al gefuseerd met het *Telegram* en het *Journal* al samengegaan met de *American* en de *Herald* met de *Tribune* – fusies waarvan ik me herinner dat Langley ze me met een zekere tevredenheid noemde als eerste tekenen van de onvermijdelijke inkrimping van alle kranten tot één ultieme en oneindig actuele editie van één krant, namelijk de zijne.

De enige volgauto achter de naar Queens rijdende lijkwagen was de onze. We zouden Siobhan begraven op een uitgestrekte, over glooiingen kruipende necropool van witmarmeren kruisen en gevleugelde engelen in beton. Mevrouw Robileaux, door ons tegenwoordig Oma genoemd, in navolging van haar kleinzoon Harold, zat in staatsie naast me. Ze droeg voor de gelegenheid een naar mottenballen ruikende stugge japon die kreukte als ze bewoog en een hoed waarvan de brede rand me steeds opzij in mijn hoofd sneed. Ze had het over haar bezorgdheid om Harold, die inmiddels terug was in New Orleans. Hij beweerde in zijn brieven meer en meer vast werk te kunnen vinden als clubmuzikant, maar zij maakte zich ongerust dat hij het mooier voorstelde dan het werkelijk was om haar niet ongerust te maken.

We waren allen somber gestemd. Met het beeld van de arme Siobhan voor ogen en terugdenkend aan de keren dat ik op Woodlawn was geweest om er mijn ouders te begraven, beheerste me slechts het besef van hoe gemakkelijk een mens doodgaat. En dan was er het gevoel dat je bekruipt als je achter een gekist lijk aan naar een begraafplaats rijdt, een zeker ongeduld met de doden, een verlangen om weer thuis te zijn, waar je verder kon gaan met de illusie dat niet de dood maar het dagelijks leven ons altijddurend element is.

HET STUKJE OVER ons in de uitgaansrubriek van een van de avondbladen was het eerste teken van onraad; het behelsde dat er op Fifth Avenue een gelegenheid was met huurdanseressen van niveau waar je tegen de crème de la crème kon aanschurken. Hoe dit in de krant was gekomen wisten we niet. Langley zei: Er werken daar analfabeten – hoe kun je nou tegen crème aanschurken?

Meteen al de volgende dansmiddag moesten we de deuren sluiten terwijl er nog mensen riepen dat ze naar binnen wilden. De geweigerden gingen op de stoep zitten of bleven rondhangen op het trottoir. Ze waren rumoerig. Uiteraard volgden er klachten uit de huizen links van ons: een brief vol welverwoorde afkeuring, persoonlijk bezorgd door iemands butler, en een boos telefoontje van iemand die haar naam niet wilde noemen, al kunnen er ook meerdere telefoontjes zijn geweest van meer dan één persoon. Men was verontwaardigd. Ontsticht. De buurt verloederde. En natuurlijk kwam er op een dag bezoek van een politieman, al leek dat niet naar aanleiding van de klachten uit de buurt te zijn. Hij had zijn eigen beminnelijke invalshoek.

Hij bracht, staande in de deuropening, een koude wind mee. Hij liet op nogal formele toon weten dat het in strijd met de wet was om een bedrijfsbestemming te geven aan een woonhuis op Fifth Avenue. Toen dempte hij zijn whiskystem: maar omdat u achtenswaardige lieden bent, zei hij, ben ik niet ongenegen om een oogje dicht te knijpen in ruil voor een welwillende donatie van laten we zeggen vijftien procent van de weekopbrengst aan het Politiebegunstigingsfonds.

Langley zei nog nooit van het Politiebegunstigingsfonds te hebben gehoord en vroeg waar het voor was.

Dat leek de diender niet te horen. Ik laat het rekenwerk

in goed vertrouwen aan u over, meneer Coller; ik kom voortaan woensdagsmorgens langs voor de afdracht, voetstoots maar met een bodem van tien dollar.

Langley zei: Hoe bedoelt u – een bodem?

De diender: Nou ja, minder zou zonde van mijn tijd zijn.

Langley: Ik begrijp dat de misdaad in deze stad een groot beslag op uw tijd legt, agent. Maar we vragen niet veel entree voor onze dansmiddagen, moet u weten, ze dienen namelijk eerder een ideëel doel. Als we op een middag veertig paren over de vloer hebben, is het veel. Tel daar onze onkosten bij op – consumpties, personeelslasten – en tja, dan denken we eerder aan het begunstigen van uw Politiefonds met smeergeld of, zoals u het noemt, een 'bodem' ten bedrage van misschien vijf dollar in de week. Daarvoor zouden we natuurlijk wel verwachten dat u hier elke dinsdag met twee vingers aan de pet voor de deur staat.

Als het aan mij lag, meneer Coller, zou ik zeggen: afgesproken. Maar ik heb ook mijn onkosten.

Te weten...?

Mijn brigadier op het bureau.

Kijk, zei Langley tegen mij, daar komt de aap uit de mouw.

De stem van mijn broer was rasperiger geworden. Ik wist dat hij kat en muis speelde met deze vent. Ik dacht dat het misschien beter was om hem even apart te nemen en de zaak door te spreken, maar hij was nu op dreef. Dacht u werkelijk, zei hij tegen de agent, dacht u werkelijk dat de

Collyers zouden zwichten voor deze geldklopperij van de kant van de politie? Weet u hoe ik dit noem? Afpersing. Dus als hier iemand de wet overtreedt, dan bent u het.

De diender probeerde hem te onderbreken.

U bent hier aan het verkeerde adres, zei Langley. U bent een dief, zo simpel is het, met die brigadier van u erbij. Voor de ware drieste misdaad kan ik nog wel respect opbrengen, maar niet voor de gluiperige dreinende corruptie van jullie soort. U bent een schande voor het uniform. Ik zou een klacht tegen u indienen bij uw superieuren, ware het niet dat die tot hetzelfde waardeloze handophoudersgilde behoren. En nu ons huis uit – eruit!

De diender zei: U hebt een scherpe tong, meneer Coller. Maar als dit uw voorkeur heeft, dan zeg ik: tot ziens.

Toen de diender zich omdraaide en de stoep af liep, riep Langley hem iets na wat ik hier niet zal herhalen en sloeg de deur dicht.

Van de inspanning had Langley een van zijn hoestaanvallen gekregen. Het was haast niet om aan te horen, die amechtige, bassende hoest uit zijn kapotte longen. Ik liep naar de keuken en bracht hem een glaasje water.

Toen hij tot bedaren gekomen was, zei ik tegen hem: Dat was lang geen slechte rede, Langley. Had iets muzikaals.

Ik betoogde dat hij een schande was voor zijn uniform. Dat klopte niet. Het uniform zelf is een schande.

Die vent zei tot ziens. Ik vraag me af wat dat betekende.

Wat kan het schelen? Dienders zijn schurken met een penning. Als ze niet bezig zijn zich te laten afkopen, slaan ze mensen in elkaar. Als ze zich vervelen, schieten ze iemand neer. Dit is jouw vaderland, Homer. En ter meerdere eer en glorie ervan zijn mij mijn longen verzengd.

VOOR DE DUUR van een week of twee leek hiermee de kous af. En toen, tijdens een van onze dansmiddagen, was de politie terug, alsof die ene diender zich kiemend en herkiemend had vermenigvuldigd en zich nu in veelvoud door de kamers elleboogde en iedereen beval te vertrekken. De mensen begrepen het niet. In een ommezien hadden we een knokkend en schreeuwend gewoel waarin mensen over elkaar struikelden. Iedereen probeerde weg te komen, maar de politie was duwend en trekkend bewust bezig de chaos te vergroten. Het orkest dat ik even tevoren had opgezet, speelde door als in een andere dimensie. Met hoeveel de agenten waren weet ik niet. Ze waren luid en vulden de lucht met massa. De voordeur stond open, en vanaf de straat woei de kilte naar binnen. Ik wist niet wat ik moest doen. Het gegil dat ik hoorde zou ook uitgelatenheid hebben kunnen zijn. Al die lichamen in de kamer gaven me het bizarre idee dat de politiemannen in heel hun massaliteit met elkaar aan het dansen waren gegaan. Maar onze arme theedansers werden als vee naar buiten gedreven. Oma Robileaux stond niet ver van me met haar dienblad met koekjes. Ik hoorde een galmende gong, het geluid van een zilveren presenteerblad dat op een schedel neerkwam. Een mannelijke kreet van pijn gevolgd door een regen of hagel van neerkletterende koekjes. Ik was kalm. Het leek me van het grootste belang dat de muziek ophield, ik nam de plaat van de draaitafel en wilde die in zijn hoes doen toen hij me uit handen werd gegrist en ik hem op de vloer hoorde stukvallen. De Victrola werd weggerukt en tegen de muur gesmeten. Zonder te beseffen wat ik deed – het ging instinctief, uit een dierlijke impuls, als de maai van een berenklauw, maar dan minder fel: de drift van een blinde – joeg ik mijn vuist door de lucht en raakte iets, een schouder denk ik, en kreeg er zo'n klap in mijn maag voor terug dat ik happend naar adem op de grond viel. Ik hoorde Langley schreeuwen: Hij is blind, idioot!

En zo kwam er een eind aan het wekelijkse thé dansant bij de gebroeders Collyer.

ONS WERD TEN laste gelegd dat we bedrijfsactiviteiten ontplooiden in een gebied met volgens het bestemmingsplan uitsluitend een woonfunctie, dat we alcohol schonken zonder vergunning en ons tegen aanhouding hadden verzet. We waarschuwden het advocatenkantoor dat als executeur van het testament van onze ouders was opgetreden. Dat zou met bekwame spoed in actie komen, maar niet op tijd om ons een nacht in de Tombs te besparen. Ook Oma Robileaux moest mee en zou de nacht in de vrouwenvleugel doorbrengen.

Ik kon niet slapen, en dat niet alleen vanwege alle rumoerige dronkaards en gekken in de naburige cellen; ik kon er niet over uit hoe wraakgierig de politie zich betoonde, die het pand was binnengevallen alsof we er een speakeasy ten tijde van de drooglegging dreven. Ik was woedend dat ik een stomp had gekregen en niet eens wist van wie. Er was geen genoegdoening voor te krijgen. Er was geen verhaal. Er zat niets anders op dan mijn hulpeloosheid te verduren. Ik ken geen ellendiger gevoel dan dat. Ik voelde me voor het eerst van mijn leven de incomplete man. Ik was in een shocktoestand.

Langley was kalm en bedachtzaam, alsof het de gewoonste zaak van de wereld was om in de Tombs te zitten om drie uur 's nachts. Hij zei dat hij een hele doos platen voor vernieling had behoed. Het kon me op dat moment geen lor schelen. Je redt je haast alsof je normaal bewerktuigd bent met de zinnen en vermogens die je hebt. En dan gebeurt er zoiets en besef je wat een onvolwaardige je bent.

Homer, zei Langley, ik heb een vraag. Totdat we platen begonnen te draaien voor de dansers heb ik eigenlijk nooit zo op populaire muziek gelet, op songs. Maar het zijn mirakelse dingen. Ze blijven in je hoofd hangen. En wat maakt een song tot een song? Als je een tekst schreef bij een van jouw etudes of preludes of andere stukken die je graag speelt, dan was het daarmee nog geen song, hè? Homer, luister je?

Een song is doorgaans een heel eenvoudige melodie, zei ik.

Zoals een gezang?

Ja.

Zoals 'God Bless America'?

Zoiets, zei ik. Het moet iets zo eenvoudigs zijn dat iedereen het kan zingen.

Is dat het? Homer? Is dat het?

Verder heeft het een vast ritme dat van begin tot eind niet verandert.

Je hebt gelijk! zei Langley. Had ik me nooit gerealiseerd.

Klassieke stukken hebben een meervoudig ritme.

Ook in de teksten zit kunstenaarschap, zei Langley. De teksten zijn haast interessanter dan de muziek. Ze brengen de menselijke emotie terug tot de kern. En ze gaan soms vrij diep.

Bijvoorbeeld?

Nou, neem die song waarin de hij zegt dat hij soms gelukkig is, maar *sometimes he's blue.*

'*... my disposition depends on you*'.

Ja, en stel nu dat zij tegelijkertijd hetzelfde zegt.

Wie?

De vrouw, ik bedoel, stel dat haar stemming van hem afhangt op hetzelfde moment dat zijn stemming afhangt van haar. Dan is het van tweeën één: of ze slaan samen op slot in een onveranderlijke toestand van droefheid of geluk, in welk geval het leven ondraaglijk zou worden...

Dat is niks. En het andere geval?

In het andere geval, waarin ze disynchroon begonnen zijn en wederzijds afhankelijk waren van de gemoedsgesteldheid van de ander, zou er een steeds wisselende stemmingsstroom tussen hen heen en weer gaan, van ellendig naar gelukkig en weer terug, zodat ze ieder gek zouden worden van de emotionele instabiliteit van de ander.

Ja ja.

Aan de andere kant heb je die song over de man en zijn schaduw?

'Me and My Shadow'.

Die ja. Hij loopt over straat met niemand anders om mee te praten dan zijn schaduw. Dus daar heb je het tegenovergestelde probleem. Kun je je zo'n universum voorstellen, met alleen je eigen schaduw om mee te praten? Dat is een song een Duitse metafysicus waardig.

Op dat moment begon een dronkaard te huilen en kermen. Daarop begonnen andere stemmen te schelden en schreeuwen dat hij zijn kop moest houden. Vervolgens werd het even plotseling weer stil.

Langley, zei ik. Ben ik je schaduw?

Ik luisterde in het duister. Je bent mijn broer, zei hij.

ONGEVEER EEN WEEK na onze nacht in het gevang gingen we met Oma Robileaux naar de rechtbank, waar onze advocaten afwijzing van de tegen ons ingediende klacht bepleitten. Inzake de bedrijfsactiviteiten die we zouden ontplooien legden ze Langleys boekhouding over, waaruit bleek dat de kleine winst die we op een dansmiddag maakten, opging aan de onkosten van de volgende middag, zodat het in zekere zin waar was dat ons thé dansant een ideëel doel diende. Wat het verzet tegen onze aanhouding betrof, die aanklacht gold alleen mij, een blinde, en mevrouw Robileaux, een corpulente negerin van grootmoederlijke leeftijd, geen van beiden redelijkerwijs in staat om zelfs in een angstreactie iets te hebben geboden wat New Yorks sterke arm 'verzet' mocht noemen. De rechter zei begrepen te hebben dat mevrouw Robileaux de agent die haar wilde aanhouden met een dienblad op zijn hoofd had geslagen. Ontkende ze dat? O nee, meneer de rechter heer, ik ontken helemaal niets van wat ik heb gedaan, zei Oma, en ik zou het als achtenswaardige vrouw zo weer doen om uit handen te blijven van een blanke duivel die me te na kwam. De rechter liet dit antwoord grinnikend op zich inwerken. Het laatste punt was het schenken van alcoholische dranken zonder vergunning, maar het serveren van een glaasje sherry, aldus onze advocaat, kon in dit verband toch niet in ernst worden beschouwd als misdrijf? Daarop zei de rechter: Sherry? Schonken ze sherry? Hemel nog aan toe, daar neem ik zelf graag een glaasje van voor het middageten. En daarmee was de zaak afgedaan.

HET HUIS WAARIN we na de politie-inval terugkeerden, deed spelonkachtig aan. De kamers waren leeggehaald voor de dansmiddag, en het leek er maar niet van te komen om de kleden weer uit te rollen, het meubilair uit de kelder te halen en alles terug te zetten waar het hoorde. Onze voetstappen weerklonken als in een grot of onderaards gewelf. Hoewel er in de bibliotheek nog altijd boeken op de planken stonden en er nog altijd piano's in de muziekkamer waren, had ik het gevoel niet meer in het huis te zijn waarin we van kinds af aan hadden gewoond maar in een nieuw en tot dusver onhuiselijk oord, waarvan nog onduidelijk was welk stempel het op onze ziel zou drukken. Onze voetstappen echoden door de kamers. En de reuk van Langleys stapels kranten – als een trage lavastroom uit zijn werkkamer naar de overloop op de eerste verdieping uitgevloeid – die reuk was nu duidelijk merkbaar, een mufheid die vooral bij regenachtig of vochtig weer opviel. Er was heel wat rommel op te ruimen, alle kapotte platen, stukgegooide grammofoons, enzovoorts. Langley, die mogelijkheden tot hergebruik zag, beoordeelde alles op zijn restwaarde – elektrische snoeren, draaitafels, gebroken stoelpoten, beschadigd glaswerk – en borg het uitgesorteerd op in kartonnen dozen. Dit vergde verscheidene dagen.

Ik zag het toen natuurlijk niet zo, maar deze periode stond aan het begin van onze afzwering van de buitenwereld. Het lag niet alleen aan de politie-inval en het negatieve oordeel van de buurt over onze dansmiddagen, begrijp me goed. We waren beiden mislukt in onze betrekkingen tot vrouwen, een soort die nu in mijn ogen leek thuis te horen in hetzij de Hemel, zoals mijn lieve onbereikbare pianoleerlinge Mary Elizabeth Riordan, hetzij de Hel, zoals stellig het geval was met de diefachtige verleidster Julia. Ik had nog wel de hoop iemand te vinden om lief te hebben maar beschouwde mijn visuele onvermogen nu voor het eerst als een vorm van mismaaktheid die een welgeschapen vrouw evenzeer zou afschrikken als een bult of een mank been. Mijn zelfbeeld als gebrekkige wees me de wijzere weg van de afzondering ter vermijding van pijn, verdriet en vernedering. Niet dat dit mijn onveranderlijke gemoedstoestand zou zijn, uiteindelijk zou ik mezelf opwekken tot de ontdekking van mijn ware liefde – zoals jou niet kan zijn ontgaan, mijn lieve Jacqueline – maar wat me tegen die tijd had verlaten, was de geestelijke flinkheid die de vrucht is van een natuurlijke levensvreugde.

Langley had zijn naoorlogse verbittering allang omgezet in een iconoclastisch leven van de geest. En voortaan ging hij, zoals met die ingeving van het thé dansant, vol en onbevangen over tot het uitvoeren van wat hem aan plannen of grillen inviel.

Had ik al gezegd hoe enorm de eetzaal geworden was? Het was een hooggezolderde volumineuze rechthoek die altijd al een zekere holheid had, ook met zijn Perzische tapijt, zijn wandkleden en dressoirs en fakkelvormige blakers, zijn staande schemerlampen en zijn empiretafel en achttien stoelen van voor de dansmiddagen. Ik had het nooit echt prettig gevonden in de eetzaal, misschien omdat er geen ramen in zaten en hij aan de koudere noordkant van het huis lag. Kennelijk dacht Langley er net zo over, want zijn keuze viel op de eetzaal om de Model T Ford-auto in onder te brengen.

OMDAT IK MET griep het bed hield, had ik geen idee wat hij uitspookte. Ik hoorde allemaal vreemd lawaai van beneden: geluiden van ijzer op ijzer, geschreeuw, metaalsidderingen, gekletter en een paar paukenslagen waar de muren van trilden. Hij had de auto gedemonteerd binnengebracht, met touw en lier in onderdelen het huis in gehesen vanuit de achtertuin, door de keuken gesjouwd en nu in de eetzaal weer in elkaar gezet als in een garage, iets waarin de eetzaal uiteindelijk ook veranderde, compleet met de lucht van motorolie.

Ik heb niet geprobeerd poolshoogte te nemen; ik stelde liever een beeld samen op grond van de geluiden die ik hoorde terwijl ik in bed lag. Ik dacht dat het misschien om een gebronsde sculptuur ging, zo reusachtig dat zij in delen was afgeleverd en nu in elkaar moest worden gezet. Een ruiterstandbeeld bijvoorbeeld, zoals dat van generaal Sherman aan de zuidrand van Central Park, op de hoek van Fifty-ninth Street en Fifth Avenue. Er klonken nog ten minste twee andere mannenstemmen, met veel gesteun en gehamer en daarbovenuit het rasperige geluid van mijn broer, verheven in een mate van onkarakteristieke opwinding die aan vreugde grensde, waaruit ik opmaakte dat het hier een grootse nieuwe onderneming van hem betrof.

Toen dit een dag of twee gaande was, klopte Oma Robileaux bij me aan, en voor ik 'binnen' had kunnen zeggen, stond ze al bij mijn bed met een soep naar eigen receptuur. Ik ruik hem nu nog, haast als snoof ik de specerijen erin op, een dik brouwsel van okra, raapjes, kool, rijst en mergpijpjes, om slechts enkele ingrediënten uit haar esoterische keuken te noemen. Ik ging rechtop zitten in bed, en het blad werd me op schoot gezet. Dank u, Oma, zei ik.

Ik kon niet meteen toetasten, want ze bleef staan wachten om iets te zeggen.

Laat me eens raden, zei ik.

Ik wist toen hij na die oorlog thuiskwam dat uw broer niet meer goed in zijn hoofd was.

Dat was wel het laatste wat ik horen wilde. Het geeft niet, zei ik. U hoeft zich geen zorgen te maken.

O nee, dat moet ik tegenspreken. Ze liet zich neer aan het voeteneinde, waardoor het dienblad zware slagzij maakte. Ik greep het vast en wachtte tot ze verderging, maar ik hoorde alleen een berustende zucht, alsof ze met haar hoofd voorover en haar handen in gebed gevouwen zat. Sinds Harold Robileaux terug was naar New Orleans had Oma me onder een kloekachtige of zelfs moederlijke hoede genomen. Het kwam misschien doordat hij en ik samen hadden gemusiceerd, of misschien had ze uit zichzelf, als enig overgebleven personeelslid na de dood van Siobhan, behoefte aan aanspraak hier in huis. Ik kon me voorstellen dat Langley niet in aanmerking kwam.

En nu luchtte ze haar hart. Overal vuile voeten op haar vloer van hun werkschoenen, de achterdeur uit zijn hengsels, zwarte machinale dingen, autodingen, die in de vensteropening hingen te bungelen als kleren aan de lijn. En dat niet alleen, zei ze, dat is alleen maar het ergste. Het hele huis is vies en begint te stinken, niemand die de boel bijhoudt.

Ik zei: Autodingen?

Misschien kunt u me uitleggen hoe iemand bij zijn volle verstand een auto van de straat in huis haalt, zei ze. Als het een auto is.

Is het er nu een of niet? zei ik.

Eerder een hellevuurwagen. Ik dank de Heer dat de dokter en mevrouw Collyer goed en wel in hun graf liggen, want hier waren ze erger in gebleven dan in de griep.

Ze zat daar. Ik kon haar mijn verbazing niet laten blijken. Niet over inzitten, Oma, zei ik. Mijn broer is een briljant man. Ik kan u verzekeren dat hij hier een intelligente bedoeling mee heeft.

Ik had op dat moment natuurlijk geen flauw idee wat die zou kunnen zijn.

In deze tijd, eind jaren dertig, begin jaren veertig, werden auto's *gestroomlijnd*. Zo heette het nieuwste van het modernste op het gebied van automobielontwerp. Stroomlijnen wilde zeggen auto's zo krommen dat er nergens meer een rechte hoek te zien was. Ik had speciaal mijn handen over de auto's laten gaan die langs de stoeprand geparkeerd stonden. Diezelfde auto's die snorrende geluiden maakten op straat, hadden nu een lange lage motorkap en vloeiende gebogen spatborden, wieldoppen en een ingebouwde bochelachtige kofferbak. Dus toen ik zover opgeknapt was dat ik de trap af kon, zei ik tegen Langley: Als je dan zo nodig een auto in huis wilde halen, waarom dan geen modern nieuwerwets model?

Dat was het grapje waarmee ik in het Model T ging zitten, er met twee vlugge kneepjes in de rubberen bal van de claxon uitroeptekens achter zettend. Het getoeter leek door het vertrek te stuiteren en clowneske echo's te distribueren tot helemaal op de bovenste verdieping.

Langley ging serieus op mijn vraag in. Deze was goedkoop, een paar dollar maar, zei hij. Niemand wil nog zo'n oud ding dat moet worden aangezwengeld.

Aha, dat verklaart alles. Ik zei al tegen Oma Robileaux dat er een rationele verklaring was.

Dit raakt haar toch niet?

Ze vraagt zich af wat iets wat van de straat komt in de eetzaal doet. Waarom iets wat gemaakt is voor buiten, binnen is.

Mevrouw Robileaux is een best mens, maar ze kan beter achter haar fornuis blijven, zei Langley. Hoe kun je nu ontologisch onderscheid maken tussen binnen en buiten? Op grond van waar je droog blijft als het regent? Warm als het koud is? Wat kan er welbeschouwd over het hebben van een dak boven je hoofd worden gezegd dat filosofisch zinvol is? Binnen is buiten en buiten is binnen. Noem het Gods onontkoombare wereld.

De waarheid is dat Langley niet kon zeggen waarom hij het Model T in de eetzaal had gezet. Ik wist hoe het werkte in zijn hoofd: hij had gevolg gegeven aan een gedachteloze impuls toen hij op een van zijn scharrelwandelingen door de stad deze auto zag en op slag besloot dat hij die moest hebben, in het vertrouwen dat de reden waarom hij hem zo waardevol vond hem uiteindelijk wel duidelijk zou worden. Maar dat duurde even. Hij ging in de verdediging. Dagenlang kwam hij er telkens op terug, zonder dat iemand anders erover begon. Hij zei: Op straat zou je die auto nooit een rotgezicht gevonden hebben. Maar hier in onze sierlijke eetzaal toont hij zijn ware aard van monstruositeit.

Dat was de eerste stap in zijn gedachtegang. Toen we een paar dagen later 's avonds aan de keukentafel zaten te eten, zei hij zonder enige aanleiding dat die antieke auto onze familietotem was. Daar het Oma's diepste misnoegen wekte dat er nu regelmatig mensen bij haar in de keuken zaten te eten, begreep ik dat hij deze opmerking om harentwille maakte, omdat ze, afkomstig uit New Orleans, een stad met primitieve geloofsovertuigingen, vermoedelijk het principe van de symbolische bloedverwantschap zou hebben te eerbiedigen.

Alle theoretische overwegingen vervielen op de dag dat Langley, van oordeel dat onze elektriciteitsrekening de spuigaten uit liep, aankondigde de motor van het Model T tot aggregaat te willen bestemmen. Hij leidde een rubberslang van de uitlaat naar buiten door een gat dat hij iemand in de eetzaalmuur liet boren en legde door een gat in de vloer verbinding met de bedrading in de kelder. Hij deed geweldig zijn best om dit geheel aan de praat te krijgen maar slaagde alleen in het maken van een hoop kabaal; op een avond dat het werkelijk geen harden meer was, vluchtten Oma en ik voor het lawaai van de draaiende motor en de lucht van de benzine het huis uit. We gingen aan de overkant op een bankje tegen de parkmuur zitten en Oma beschreef, alsof ze een partij boksen becommentarieerde, het gevecht tussen Langley en de heersende duisternis, de voor onze ramen flakkerende, sputterende en oplaaiende lichten, die ten slotte knock-out gingen. Ineens hing over de avond een gezegende rust. We konden ons lachen niet houden.

Nadien stond het Model T er alleen nog maar als drager van stof en spinnenwebben en bergruimte voor stapels kranten en allerlei andere verzamelwaar. Langley is er nooit meer over begonnen, en ik ook niet, het was ons onroerend bezit, een onontkoombare omstandigheid in ons leven, tot zijn velgen op de grond gezakt maar als het ware opgedolven en uit zijn schroot herrezen, een industriële mummie.

WE HADDEN IEMAND nodig om het huis schoon te houden, al was het maar om te voorkomen dat Oma opstapte.
Langley zag op tegen de kosten, maar ik drong aan en uiteindelijk zwichtte hij. We schakelden hetzelfde bemidde-
lingsbureau in dat ons aan Julia geholpen had en namen
de allereersten die men langs stuurde, een Japans echtpaar, de heer en mevrouw Hoshiyama. Volgens hun ge-
tuigschrift waren ze vijfenveertig en vijfendertig. Ze spraken Engels, waren rustig, zakelijk en gespeend van iedere
nieuwsgierigheid; ze accepteerden heel ons bizarre huishouden zoals het was. Ik hoorde ze praten onder het werk,
met elkaar spraken ze Japans, en het was een lieflijke muziek die ze maakten, met hun elkaar omspelende rietfluit-
stemmen en felle ademplofjes tussen de lange klinkers.
Soms voelde ik me opgenomen in het soort Japanse
houtsneeprent dat boven het bureau in mijn vaders studeerkamer aan de muur hing: de dunne nietige mensfi-
guurtjes die in het niet verzonken bij de besneeuwde bergen of die in de regen onder hun paraplu over een houten
bruggetje liepen. Ik wilde het echtpaar Hoshiyama op de
prenten wijzen, die daar al hingen sinds mijn kinderjaren,
ten teken van mijn oordeelkundige omgang met etnici-
teit, maar dat bleek een verkeerde benadering, met precies het tegengestelde effect van het beoogde. Wij zijn
Amerikaan, liet de heer Hoshiyama me weten.

De twee hadden geen instructie nodig, ze vonden zelf
wat ze nodig hadden, en wat ze niet konden vinden – een
zwabber, een emmer, groene zeep, wat het ook was – kochten ze in de winkel van hun eigen geld, dat ze door Langley

werd terugbetaald tegen overlegging van het bonnetje. Hun zin voor orde kende geen pardon, en wanneer het tijd was om de Aeolian af te stoffen, voelde ik een hand op mijn arm die me zachtjes gelastte op te staan van mijn pianobankje. Ze kwamen stipt om acht uur 's ochtends en gingen om zes uur 's middags. Het gekke was dat hun aanwezigheid en niet-aflatende ijver mij in de waan brachten dat ook mijn dag een doel diende. Ik vond het altijd jammer wanneer ze vertrokken, alsof mijn belevendiging niet uit mezelf kwam maar ik deel had aan de hunne. Langley was om een andere reden met hen ingenomen: ze gingen respectvol om met zijn diverse verzamelingen, zoals zijn schat aan kapot speelgoed, modelvliegtuigjes, loden soldaatjes, bordspelen, enzovoorts, sommige compleet, andere niet. Wanneer Langley iets in huis haalde, achtte hij het niet nodig om er meer mee te doen dan het in een doos te gooien bij al het andere dat hij gevonden had. Zij, de Hoshiyama's, zagen zich als conservator van dit materiaal en gaven het een plaats op meubilair of in boekenkasten, heel dit bonte allegaartje van gebruikte en afgedankte kinderspullen.

Maar goed, we draaiden als huishouden dus weer als vanouds, al doemden er complicaties op toen de Tweede Wereldoorlog begon. De Hoshiyama's woonden in Brooklyn, maar op een ochtend verschenen ze met een taxi op hun werk en laadden meerdere tassen en een hutkoffer en een fiets voor twee personen uit. We hoorden een hoop gestommel in de hal en liepen naar beneden om te kijken wat er was. We vrezen voor ons leven, zei meneer Hoshiyama, en ik hoorde zijn vrouw huilen. De Japanse luchtmacht had namelijk Pearl Harbor gebombardeerd, en nu waren de Hoshiyama's bedreigd door hun buren, weigerde de plaatselijke middenstand hun klandizie en was er een baksteen bij hen door het raam gegooid. We zijn Nisei! riep mevrouw Hoshiyama, waarmee ze wilde zeggen dat ze in de Verenigde Staten geboren waren, wat er in deze omstandigheden natuurlijk helemaal niets toe deed. Het liet ons niet onberoerd deze beheerste, gedisciplineerde mensen zo ontredderd mee te maken. En dus gaven we ze onderdak.

Ze betrokken de kamer op de bovenverdieping die van Siobhan was geweest, en ofschoon ze aanboden huur te betalen of ten minste over loonsverlaging te onderhandelen, wilden wij daar niet van weten. Zelfs Langley, wiens vrekkigheid van maand tot maand exponentieel toenam, kon zich er niet toe brengen hun geld aan te nemen. Het verbaast me achteraf hoe goed hij overweg kon met deze twee, van wie hij, met hun zin voor orde en properheid, stapelgek had horen te worden. Voortaan werd er 's avonds in twee ploegen gegeten; eerst bediende Oma ons en daarna gingen de Hoshiyama's en zij aan tafel voor hun maal. Er ontstond een diplomatiek probleem toen het echtpaar Hoshiyama er eetgewoonten op na bleek te houden die de grenzen van Oma's expertise te buiten gingen en de twee dus besloten hun eigen potje te koken. Ze had zich moeten afwenden, zei ze tegen mij, de eerste paar keer dat die mensen een rauwe vis aan stukken sneden en de moten op bolletjes gekookte rijst legden en dat hun diner bleek.

Oma zal verder allerminst gediend zijn geweest van alle komen en gaan in haar keuken, een groot, hooggezolderd vertrek met witte tegels en open planken voor het vaatwerk, blankhouten aanrechtbladen en een groot raam waardoor de ochtendzon naar binnen scheen. Hier bracht ze het grootste deel van haar wakend leven door. Ik zei tegen haar: Oma, ik begrijp dat het niet meevalt, en zij beaamde het, al had ze ook met die mensen te doen, ze wist wat het inhield om stenen door je ruit te krijgen.

DE OORLOG KWAM in menig opzicht dichterbij. Men zei ons Oorlogsobligaties te kopen. Men zei ons oud ijzer en elastiek te bewaren, maar dat was niets nieuws. Vlees ging op de bon. 's Avonds moesten de overgordijnen dicht. Als titulair autobezitter had Langley recht op een boekje met benzinebonnen. Hij plakte zijn 'A' op de voorruit van het Model T, maar omdat hij toch geen plannen meer had om de motor als aggregaat te gebruiken, verkocht hij zijn bonboekje aan een garagehouder in de buurt, een staaltje zwarthandelarij dat hij rechtvaardigde onder verwijzing naar onze financiële situatie.

Langleys krantenproject leek geheel in de geest van de actualiteit. Hij las de ochtend- en avondbladen in een toestand van verhitte waakzaamheid. Voor alle zekerheid luisterden we ook nog naar het avondnieuws op de radio. Ik dacht wel eens dat mijn broer een grimmig behagen schepte in de crisis. Hij zag in elk geval het commerciële perspectief dat zij bood. Hij droeg bij aan de Oorlogsinspanningen, zoals het heette, door de koperen goten en de loodslabben van ons huis te gelde te maken. Zo kwam hij op het idee om ook de notenhouten lambrisering uit de bibliotheek en onze vaders studeerkamer te verkopen. De koperen goten konden me niet schelen, maar lambriseringshout leek me niet relevant voor de Oorlogsinspanningen, en dat zei ik hem. Hij zei tegen mij: Homer, tal van mensen, opperofficieren bijvoorbeeld, varen wel bij een oorlog. En als een hotemetoot die in Washington op zijn toges zit een notenhouten betimmering wil in zijn werkkamer, dan is onze lambrisering dus relevant voor de Oorlogsinspanningen.

IK HEB NOOIT echt in angst gezeten om ons land, hoewel dat eerste jaar het nieuws overwegend slecht was. Ik kon me niet voorstellen dat onze bondgenoten en wij niet zouden winnen. Maar ik stond naar mijn idee volledig aan de zijlijn, voor niemand van enig nut. Er waren zelfs vrouwen ten strijde getrokken, in uniform of ter vervanging van hun man in de fabriek. Wat kon ik doen, de zilverpapiertjes sparen die om kauwgum zaten? Ik voelde mezelf tegen de achtergrond van de oorlogsjaren dalen in mijn eigen achting. De romantische jonge pianist met het Franz Liszt-kapsel was allang niet meer. Als ik niet met mijn ziel onder de arm liep, was ik ongenadig in mijn zelfkritiek, alsof ik, wanneer het niemand anders opviel wat een nutteloos aanhangsel ik was, het nadrukkelijk zelf geconstateerd wilde hebben. Langley en ik verschilden van mening over deze oorlog. Hij zag de strijd niet in hetzelfde vaderlandslievende licht, zijn standpunt was olympisch, hij verachtte heel de oorlogsidee, los van wie er aan de goede kant stond, wie aan de verkeerde. Was dit een restverschijnsel van het mosterdgas? Oorlog was in zijn ogen alleen maar de duidelijkste manifestatie van het fatale menselijk tekort. Maar dat ging voorbij aan de bijzonderheden van deze Tweede Wereldoorlog, waarin de kwade partij op goede gronden aanwijsbaar was, en ik vond zijn tegendraadse houding ondoordacht. We redetwistten er natuurlijk niet over, want het was onze familie eigen, al toen onze ouders nog leefden, om bij verschil van mening over een politieke kwestie, het onderwerp gewoon te laten rusten.

Als Langley 's avonds op strooptocht ging, speelde ik soms piano tot hij terug was. De Hoshiyama's vormden mijn publiek. Ze trokken twee rechte stoelen bij en gingen achter me zitten luisteren. Ze waren vertrouwd met het klassieke repertoire en vroegen me of ik dit van Schubert kende of dat van Brahms. Ik speelde voor hen als vertegenwoordigden ze een volle zaal in Carnegie Hall. Dat ik hun aandacht had, deed mijn elan uit de malaise herrijzen. Ik bleek vooral weerklank te zoeken bij mevrouw Hoshiyama, die jonger was dan haar man. Hoewel ze onder het werk Japans spraken, was me wel duidelijk dat hij haar aanwijzingen gaf. Ik wilde natuurlijk niet vragen haar gezicht te mogen aanraken, maar de indruk die ik had was van een compact mensje met heldere ogen. Ik luisterde hoe ze rondliep: ze zette heel vrouwelijke, korte schuifelstapjes en ik hield het erop dat haar voeten naar binnen wezen. Als man en vrouw samen in een kamer aan het werk waren en hun Japans met elkaar spraken, hoorde ik haar wel eens lachen, waarschijnlijk om wat Langley nu weer op zijn nachtelijke omzwervingen had bemachtigd. Haar lach was lieftallig, de melodieuze triller van een jong meisje. Steeds als ik die lach hoorde, daar in ons spelonkachtige huis, lichtten er beelden van een zonnig stuk grasland op in mijn hoofd, en als ik dan goed keek, zag ik ons twee, mevrouw Hoshiyama en ik, als een stel in kimono op een houtsneeprent picknicken onder een bloeiende kersenboom. Wanneer we 's avonds met ons drieën waren en onze verhouding minder formeel was dan overdag, weerhield voor mijn gevoel alleen mijn diepe respect voor de heer Hoshiyama me ervan zijn vrouw te kapen. Van zulke milde fantasieën moet een man als ik het hebben.

TOEN LANGLEY OP een avond de deur weer uit was, ging de bel en klonk er tegelijkertijd een gebiedende klop op de deur. Het was al vrij laat. Er stonden twee mannen die zeiden dat ze van de FBI waren. Ik voelde aan hun penning. Ze waren beleefd, en hoewel ze al binnenstonden, vroegen ze of ze verder mochten komen. Ze kwamen het echtpaar Hoshiyama in hechtenis nemen. Ik was perplex. Ik eiste te weten waarom. Wat moet dit, zei ik. Hebben de twee iets gedaan wat niet mag? Niet dat wij weten, zei een van de mannen. Hebben ze in enig opzicht de wet overtreden? Niet dat wij weten, zei de ander. U zult me toch een goede reden moeten geven voor deze gang van zaken, zei ik, ze werken hier. Ze zijn mijn personeel. Het zijn eenvoudige hardwerkende mensen, zei ik. Het zijn goede, eerlijke krachten die zich ook nog eens met uitstekende referenties bij me hebben aangediend.

Ik stond natuurlijk een eind weg te bazelen, maar ik wist geen andere manier ter afwending van deze gang van zaken dan alles aan te grijpen wat ik kon om de onduldbare rechtlijnigheid van die FBI-mannen te doorbreken, die mededeelzaam noch voor rede vatbaar waren. Is dit soms een politiestaat, dat u hier 's avonds laat mensen komt weghalen? Ik wilde op hun schaamtegevoel werken, wat uiteraard kansloos was. Als zulke mannen regeringsbeleid uitvoeren, doen ze dat zwaargepantserd en zijn ze niet eens te beledigen. Ze doen iets wat degenen die ze van huis halen misschien ingrijpend en angstaanjagend vinden maar wat voor hen dagelijkse routine is.

Ze zeiden één ding bij wijze van rechtvaardiging: dat ze naar de woning van het echtpaar in Brooklyn waren gegaan en daar hadden vernomen dat de Hoshiyama's gevlogen waren. Het had daardoor enige moeite gekost om ze op te sporen. Daarop ontstak ik in drift. Deze mensen waren niet voortvluchtig, zei ik. Ze hadden voor hun eigen veiligheid hun huis moeten verlaten. Ze waren fysiek bedreigd. Konden ze weten dat u naar hen op zoek was? En ziet u er iets verwijtbaars in dat ze hierheen gekomen zijn om te verhoeden dat hun de hersens worden ingeslagen?

Ik weet niet meer hoe lang ik zo tekeer ben gegaan, maar op een bepaald moment beroerde de heer Hoshiyama mijn arm om me woordeloos te manen me in te houden. De Hoshiyama's waren geboren fatalisten. Het was alsof tussen de FBI-mannen en hen een begrip bestond van wat ze aan elkaar hadden waarbinnen ik en al wat ik zei irrelevant was. Zelf protesteerden ze niet; ze huilden noch jammerden over de situatie. Even later kwam mevrouw Hoshiyama de trap af met twee koffertjes, meer mochten ze niet meenemen. De twee trokken hun jas aan en zetten hun hoed op – het was de winter van het eerste oorlogsjaar – de FBI-mannen deden de deur open en een koude wind woei uit het park naar binnen. Meneer Hoshiyama prevelde een woord van dank en zei dat ze zouden schrijven wanneer en indien het kon en mevrouw Hoshiyama pakte en kuste mijn handen – en weg waren ze.

TOEN LANGLEY LATER thuiskwam en hoorde wat er was gebeurd, werd hij woedend. Hij wist natuurlijk wat erachter zat; hij had in zijn kranten gelezen over het bijeendrijven en in concentratiekampen interneren van duizenden Japans-Amerikaanse burgers. Ik zei hem weliswaar dat meneer Hoshiyama had opengedaan en dat de agenten pas vroegen of ze verder mochten komen toen ze al binnenstonden, maar mijn weinig krachtdadige optreden, of onnozelheid, was er niet minder flagrant om. Dit huis is ons onschendbaar domein, zei Langley. Het kan me niet verdommen met wat voor penning ze zwaaien. Je schopt ze naar buiten en gooit de deur voor hun neus dicht, en dat doe je. Die lui negeren de grondwet naar believen. Leg eens uit, Homer, hoezo zijn wij vrij als zij bepalen in hoeverre?

En een dag of twee dacht ik net als Langley over het voeren van oorlog: je vijand wekte je sluimerende oerinstincten, hij activeerde de primitieve circuits in je hersenen.

LANGLEY EN IK koesterden de fiets voor twee personen die het echtpaar noodgedwongen had achtergelaten. Het ding kreeg een ereplaats onder de trap. Ik zei dat we erop moesten rijden om het in goede staat te houden voor wanneer de Hoshiyama's terugkwamen. En dus vatten we de gewoonte op om bij mooi weer uit fietsen te gaan.

Ik vond het gepeddel uiterst opbeurend. Een beetje lichaamsbeweging deed me goed. Ik had momenten van twijfel aan Langleys stuurmanschap, want hij werd wel eens afgeleid door wat hij op straat of in een etalage aan interessants zag. Dat droeg evenwel bij tot de avontuurlijkheid van wat we deden. We reden de zijstraten in en uit en hadden plezier om de achter ons toeterende claxons. Dit ging zo een heel voorjaar door, tot we een band lekreden doordat we een bocht te krap namen. Langleys strategie om de band te repareren bestond in de vervanging ervan. In de oorlog was iets nieuws van rubber niet te krijgen, dus tikte hij enige tijd links en rechts tweedehandsfietsen op de kop om te kijken of hij de juiste maat band kon vinden. Dat is nooit gelukt, en de fiets voor twee personen staat sindsdien ondersteboven in de salon, in gezelschap van een stel andere rijwielen die tegen de muur leunen.

De Hoshiyama's lieten ook hun verzameling klein ivoorwerk achter: ivoren olifanten en tijgers en leeuwen, aan een tak hangende apen, ivoren kinderen, jongens met knobbelige knieën, meisjes met hun armen om elkaar, dames in kimono en samoeraistrijders met een band om hun hoofd. Geen van de beeldjes was groter dan je duim, en alles bij elkaar vormde het een verbazingwekkend gedetailleerd lilliputwereldje dat zijn geheimen vooral aan de tastzin prijsgaf.

We bewaren al hun spullen voor wanneer ze terugkomen, zei Langley, maar ze zijn nooit teruggekomen, en ik weet op dit moment niet waar het kleine ivoorwerk gebleven is – bedolven geraakt onder alle andere dingen.

En zo verdwijnen mensen uit je leven, en het enige wat je van hen bijblijft is hun mens-zijn, een twijfelachtig niemendal zonder zetel of duur, net als het jouwe.

ONZE VOORDEUR VORMDE kennelijk een oorlogsattractie; er werd ineens bij ons aangeklopt door oude mannen in het zwart. Ze spraken met een accent zo zwaar dat we ze niet goed verstonden. Volgens Langley hadden ze een baard en krullend haar bij hun oren. En daarbij een donkere gekwelde oogopslag en een droevig lachje waarmee ze zich verontschuldigden voor de overlast. Het waren diepreligieuze joden, dat was ons wel duidelijk. Ze lieten hun getuigschriften van diverse instituten en scholen zien. Ze hielden een blikken bus voor zich uit met een gleuf erin waarin men ons verzocht geld te doen. Dit gebeurde in een maand tijd wel drie of vier keer, en het begon ons te irriteren. We begrepen het niet. Volgens Langley moesten we een bordje ophangen bij de deur: Aan bedelaars wordt niet gegeven.

Maar het waren geen bedelaars. Op een ochtend was het een gladgeschoren man die voor de geopende deur stond. Hij zou me worden beschreven als iemand met kort grijs haar en een overwinningsmedaille uit de Grote

Oorlog op de revers van zijn colbertje. Hij liep met zo'n schedelkapje op zijn hoofd dat betekende dat ook hij joods was. De man heette Alan Roses. Mijn broer, bij wie elke oud-strijder uit die oorlog een streepje voor had, vroeg hem binnen.

Alan Roses en Langley bleken bij dezelfde divisie in de bossen van de Argonnen te hebben gelegen. Ze praatten als mannen die een militaire verwantschap hebben ontdekt. Ik moest toehoren hoe ze hun bataljon en compagnie identificeerden en herinneringen aan hun ervaringen onder vuur ophaalden. Het was een heel andere Langley die ik bij dit tweegesprek hoorde, iemand die respect toonde en op zijn beurt met respect werd bejegend.

Alan Roses verklaarde het mysterie van dat huis aan huis collecteren. Het had te maken met het lot van de Joden in Duitsland en Oost-Europa. Het was de bedoeling om Joodse gezinnen vrij te kopen – de nazistische autoriteiten zagen er geen been in om hun rassenpolitiek voor afpersingsdoeleinden te gebruiken – en ook om het Amerikaanse publiek voor te lichten. Was het publiek eenmaal wakker geschud, dan zou de overheid iets moeten doen. Hij sprak heel kalm, Alan Roses, en zijn verhaal was overtuigend van detaillering. Hij was leraar Engels van beroep bij het openbaar onderwijs. Hij schraapte dikwijls zijn keel, als om zijn emotie weg te slikken. Ik twijfelde niet, of het was waar wat hij zei, maar het was tegelijk zo schokkend dat scepsis geboden leek. Langley zei naderhand tegen me: Hoe is het mogelijk dat die oude mannen die bij ons aanklopten meer wisten dan de persbureaus?

Het viel Langley onder deze omstandigheden zwaar om zijn filosofische afzijdigheid te bewaren. Hij schreef meteen een cheque uit. Het ontvangstbewijs dat hij van Alan Roses kreeg, stond op het briefpapier van een synagoge in Oost. We liepen met hem mee naar de voordeur, hij drukte ons de hand en vertrok. Hij zou wel op zoek gaan naar het volgende adres om aan te kloppen en zich aan pijnlijke momenten te onderwerpen; hij had het terughoudende van iemand die uit een principiële levenshouding iets deed waarvoor hij van nature slecht uitgerust was.

Elke dag speurde Langley de buitenlandrubriek van de kranten af. Er werd mondjesmaat verslag gedaan van een en ander, op de binnenpagina's en zonder merkbaar besef van de omvang van de gruwelen. Dat strookte precies, zei hij, met de politiek van nietsdoen van onze regering. Zelfs in oorlogstijd worden er afspraken gemaakt, en zijn die niet te maken, dan bombardeer je de treinen, verstoor je de operatie – doe je wat mogelijk is om wie wil terugvechten een kans te geven. Wat denk je, zou dit *land of the free* en *home of the brave* misschien niet zo dol zijn op Joden? De nazi's zijn natuurlijk monsters, schurken. Maar wat zijn wij als we ze hun gang laten gaan, laten doen wat ze doen? En hoe staat het dan, Homer, met jouw oorlogsbeeld van de goede tegen de kwade? Jezus, wat zou ik er niet voor overhebben om iets anders te zijn dan een mens.

LANGLEYS TEGENDRAADSHEID ZOU zich verder ontwikkelen. Hoe had het ook anders gekund? Toen we hoorden dat Harold Robileaux dienst had genomen – dat was later; ik weet niet meer in welk oorlogsjaar – hingen wij ook zo'n vlaggetje met een blauwe ster voor het raam ten teken dat we een familielid onder de wapenen hadden. Harold, die begaafde en veelzijdige muzikant, had zich aangemeld bij de luchtmacht en was opgeleid tot werktuigkundige, en tegen de tijd dat ons dit ter ore kwam, was hij al overzee met een geheel uit negers gevormd jachteskader.

Het kwam ons moreel ten goede: we waren niet minder trots dan de andere families in de buurt. Voor het eerst in deze oorlog stond ik voor mijn gevoel niet meer aan de zijlijn. De tijden hadden de mensen verbroederd, en in deze koude stad vol onaandoenlijke vreemden waar iedereen op eigen gewin uit was, deed gemeenschapsgevoel aan als de verrassing van een warme voorjaarsdag midden in de winter, ook al was er dan een oorlog voor nodig om het te kweken. Als ik een wandeling maakte – ik liep intussen met een stok – groetten de mensen me of gaven me een hand of vroegen of ze me konden helpen, in de veronderstelling dat ik strijdend voor het vaderland blind geworden was. 'Wacht, Johnny, ik zal je helpen.' Ik zou gedacht hebben dat ik de leeftijd niet meer had voor soldaat, maar misschien werd ik voor een hoge oud-officier aangezien. Langley wisselde een groet met BB'ers uit de buurt die op weg waren naar het dak van hun gebouw om de hemel af te speuren naar vijandelijke vliegtuigen. Hij kocht namens ons beiden Oorlogsobligaties, zij het niet zuiver uit vaderlandsliefde, moet ik erbij zeggen, maar omdat ze hem een solide belegging leken. Er was dan misschien een Europees front, en een Pacifisch front, maar wij vormden het thuisfront, van even groot belang voor de Oorlogsinspanningen, met de groenteconserven uit onze *victory garden*, als Jan Soldaat zelf.

We wisten natuurlijk dat er een krachtig propagandaapparaat achter dit alles zat. Het riep ons op de angst voor de boosaardige vijand te onderdrukken die huisde in ons hart. Ik ging met Oma naar de film, alleen maar om het bioscoopjournaal te horen: het dreunen van het geschut van onze slagschepen, onze knarsende rupsbanden, onze bulderend van een Engels vliegveld opstijgende escadrilles bommenwerpers. Zij ging erheen in de hoop Harold bezig te zien in een hangar, opkijkend van een van de motoren waaraan hij sleutelde om naar haar te lachen.

Wij hadden geen victory garden, want onze achtertuin was in gebruik voor de opslag van de verzamelde spullen die we in de loop der jaren hadden gekocht of voor de ondergang behoed met het oog op hun eventuele bruikbaarheid in de toekomst: een oude koelkast, kisten met leidingen en moffen, melkfleskratten, bedspiralen, beddenwanden, een kinderwagen met ontbrekende wielen, ettelijke kapotte paraplu's, een versleten chaise longue, een heuse brandkraan, autobanden, stapels leien, allerlei timmerhout, enzovoorts. Ik vond het vroeger prettig toeven in dat tuintje, waar tegen het middaguur korte tijd de zon kwam. Er groeide een soort onkruidboom die ik graag mocht beschouwen als een uitloper uit Central Park, maar ik had het verlies van het tuintje er wel voor over om althans van dit deel van de spullen in huis verlost te zijn, want elke kamer was een soort hindernisbaan voor me aan het worden. Ik verloor allengs mijn zintuig om te voelen waar alles stond. Ik was niet meer de jongeman met de onfeilbare antenne die zorgeloos zijn weg door het huis vond. Toen ze nog bij ons waren, hadden de Hoshiyama's meubilair uit de kelder naar boven gehaald met de serieuze bedoeling het huis weer in te richten zoals vroeger, maar dat ging natuurlijk niet, alles was nu anders. Ik was als een reiziger die zijn kaart verloren had en het kon Langley niet schelen wat waar stond, dus hadden de Hoshiyama's naar eigen inzicht gehandeld en daarbij, hoe goed ze het ook bedoelden, onvermijdelijk dingen fout teruggezet, wat de verwarring er nog groter op maakte.

En toen, o Heer, ging op een vreselijke dag de telefoon en meldde zich in tranen een klein en nauwelijks verstaanbaar meisjesstemmetje. Ella Robileaux, de vrouw van Harold, belde helemaal uit New Orleans en wilde zijn Oma spreken. Ik had nooit geweten dat Harold getrouwd was. Ik wist nergens van, maar ik had geen reden om te twijfelen aan de identiteit van deze vrouw, dit kind met de bevende stem, en ik had een moment tijd nodig om me te vermannen, want ik begreep zo wel waarom ze belde. Toen ik naar de keuken riep dat er telefoon was voor Oma, brak mijn stem en ontsnapte er een snik aan mijn keel. Bedenk dat dit in de oorlog was: niemand vroeg een duur interlokaal gesprek aan om zomaar een praatje te maken.

VOOR HIJ NAAR overzee ging, had Harold Robileaux een *Victory record* gemaakt, zo'n klein plaatje dat soldaten per post naar huis stuurden waarop de familie hun stem kon horen. Opnamen van drie minuten op krasgevoelige plastic plaatjes ter grootte van een schoteltje. In het soort automatenhal bij legerbases waar je vier foto's voor een kwartje kreeg, waar een bebaarde mechanische fakir in een glazen vitrine zijn hand optilde en lachte en je toekomstvoorspelling gedrukt en wel uit een gleuf toverde, bevonden zich kennelijk ook opnamestudiootjes. Harold stuurde Oma zijn 'V-record', maar het plaatje deed er een paar maanden over om ons te bereiken. Totdat Langley eraan dacht naar het poststempel te kijken, was het bepaald onthutsend om iets van Harold in onze brievenbus aan te treffen. Dat gebeurde namelijk nadat Oma van Ella Robileaux te horen had gekregen dat Harold in Noord-Afrika was gesneuveld. Misschien moest de legercensor al die plaatjes beluisteren, net zoals hij elke brief las die de soldaten schreven, of misschien kon het postkantoor van Tuskegee de drukte niet aan. Hoe dat ook zij, toen dit plaatje bij de post zat, dacht Oma dat Harold toch nog in leven was. Dank u, Jezus, dank u, zei ze huilend van vreugde. Ze klapte in haar handen en loofde de Heer en wilde van ons niets horen over een poststempel. We gingen met haar bij de grote Victrola zitten en hoorden Harold. Het geluid klonk blikkerig, maar tegelijkertijd was dit onmiskenbaar Harold Robileaux. Het ging goed met hem, zei hij; hij was opgetogen over zijn promotie tot sergeant-werktuigkundige. Hij mocht ons niet zeggen waar hij heen ging en wanneer, maar hij zou schrijven als hij er was. Met dat zacht zangerige geluid uit New Orleans zei hij te hopen dat met Oma alles goed was, en of ze de groeten wilde doen aan meneer Homer en meneer Langley. Het was typisch een boodschap zoals je die van een soldaat in zijn omstandigheden verwachtte, niets bijzonders, met dien verstande dat dit Harold was en dat hij zijn kornet bij zich had. En omdat dit Harold was, zette hij hem aan zijn lippen en blies de taptoe, alsof hij het muzikale equivalent van een foto van zichzelf in uniform opstuurde. De kwaliteit van het kornetspel won het van de primitieve aard van de opname. Een helder zuiver hartverscheurend geluid, waarvan elke frase naar haar ongehaaste volmaaktheid werd getild. Maar waarom speelde hij ten teken van zijn inlijving bij de strijdkrachten die elegische taptoe in plaats van bijvoorbeeld de reveille? Oma vroeg Langley het plaatje nog eens te draaien, en toen nog drie of vier keer, en waar wij haar niet uit de droom durfden te helpen, was het misschien de plechtig bespiegelende klaaglijkheid van de melodie, de muzikale rouw die steeds weer al onze kamers vulde, alsof Harold Robileaux zijn eigen dood voorspelde, waardoor ze alsnog bij zichzelf kon toegeven dat haar kleinzoon toch echt gesneuveld was. Het arme mens kon haar tranen niet bedwingen nu ze voor de tweede keer zijn dood moest verwerken. God, riep ze, dat was mijn bovenste beste jongen die U hebt weggenomen, dat was mijn Harold.

Langley ging de stad in en kocht vlaggetjes met een gouden ster om achter de voorramen van alle vier de verdiepingen te hangen; goud was namelijk de kleur voor die soldaten die, zoals de politici zeiden, 'het uiterste' gegeven hadden, want er waren kennelijk gradaties in wat een soldaat kon geven – armen, benen? – met 'het uiterste' als hoogste. Doorgaans was één vlaggetje met een blauwe of gouden ster voor het raam genoeg verkondiging of troost per huishouden, maar Langley deed nooit iets zoals ieder ander. De rouw van mijn broer was niet van woede te onderscheiden. Met de dood van Harold Robileaux was heel zijn houding tegenover de oorlog veranderd, en wanneer hij te zijner tijd de frontberichten opstelde voor op de voorpagina van zijn altijddurende, eeuwig actuele dagblad, zou volgens hem zonneklaar zijn waar zijn krant stond. Ik kijk al die bladen in, zei hij, en of ze nu van rechts of van links op je af komen of uit het onduidelijke midden, ze zijn onvermijdelijk plaatsgebonden, ze zijn hecht verankerd op een plek die ze als het middelpunt van het universum beschouwen. Ze betonen zich aanmatigend en arrogant in hun provincialisme en daarbij ongegeneerd chauvinistisch. Dus dat ga ik ook doen. Collyers Eendagseditie voor de Eeuwen der Eeuwen wordt geen krant voor Berlijn of Tokio, zelfs niet voor Londen. Ik zal het universum vanhieruit bezien, zoals al die lorren doen. Laat de rest van de wereld haar stompzinnige dagelijkse edities maar blijven uitbrengen; zonder dat men het beseft, zullen ze in amber gevangen zijn, met al hun lezers erbij.

OMA'S VERDRIET BEHEERSTE het huis. Ze rouwde stil en monumentaal. Onze condoleance stuitte op onverschilligheid. Op een ochtend liet ze weten bij ons uit dienst te treden. Ze wilde naar New Orleans om er de weduwe van Harold te zoeken, een jonge vrouw, zei ze, die ze niet kende maar die misschien haar hulp nodig had. Ik meen dat er sprake was van een klein kind. Oma's besluit stond vast, en het was ons wel duidelijk hoe dierbaar deze verwantschap haar was, hoe belangrijk het bijeenhouden van wat er restte van haar familie.

Op de dag van Oma's vertrek maakte ze in haar reistenue nog een ontbijt voor ons en deed de vaat. Ze zou de Greyhound nemen van het busstation in Thirty-fourth Street. Langley drong haar het reisgeld op, dat ze met een majesteitelijk knikje aannam. We liepen naar het trottoir, waar Langley een taxi wenkte. Ik moest aan de dag denken dat we hier net zo hadden gestaan om afscheid te nemen van Mary Elizabeth Riordan. Er waren tranen noch afscheidswoorden van Oma's kant toen ze in de taxi stapte. In gedachten was ze al onderweg. En toen ze de straat uit reed, verdween met haar ons laatste personeelslid en waren Langley en ik op onszelf aangewezen.

Oma was de laatste band met ons verleden. In mijn ogen was ze een soort moreel ijkpunt geweest; niet dat we ons aan haar oordeel stoorden, maar het was wel een maat voor ons vrijbuiterschap.

HET WAS ZO'N drukkende, benauwde augustusdag in New York toen met de overwinning op Japan de oorlog eindigde. Niet dat iemand zich wat van het weer aantrok. De auto's reden in optocht over Fifth Avenue, de bestuurders toeterden en schreeuwden uit het raampje. Wij stonden boven aan onze stoep als generaals die een defilé afnamen, want de mensen holden compact als in gelederen voorbij, duizenden voetstappen op een draf onderweg naar de binnenstad en het feest. Op de dag van de wapenstilstand in 1918 had ik naar diezelfde opwinding geluisterd, naar het gelach, de hollende voeten als het gedruis van vogelvleugels. Toen Langley en ik de straat overstaken naar het park, bleken er vreemden met elkaar te dansen, wierpen ijscomannen het publiek ijslolly's toe, lieten ballonverkopers hun voorraad vliegen. Honden renden onaangelijnd keffend en blaffend rond en liepen in de weg. De mensen lachten en huilden. De vreugde die uit de stad opsteeg, vulde de lucht als een welluidend waaien, als een hemels oratorium.

Ik was natuurlijk even opgelucht als ieder ander dat de oorlog voorbij was. Maar onder alle vrolijkheid bleef het me diep droef te moede. Wat was nu de beloning voor de gesneuvelden? Dodenherdenkingen? In mijn achterhoofd klonk de taptoe.

We hadden een grapje, Langley en ik. Iemand die op sterven ligt, vraagt of er leven is na de dood. Ja, luidt het antwoord, alleen niet het jouwe.

GAANDEWEG DE OORLOG had ik het gevoel gekregen dat mijn leven zin had, al was het maar door zijn toekomstverwachting. Maar bij het aanbreken van de vrede bleek er geen toekomst te zijn, in elk geval niet op een wijze die haar onderscheidde van het verleden. In het licht van de naakte waarheid was ik een invalide voor wie zelfs het normaalste, bescheidenste leven niet weggelegd was – gewoon als werkzaam man, echtgenoot en vader. Het was een slechte tijd te midden van de algehele feestvreugde. Zelfs mijn muziek had haar bekoring verloren. Ik was rusteloos, sliep slecht en was zelfs dikwijls bang voor de slaap, alsof slapen gelijkstond aan het opzetten van een van de gasmaskers die Langley mee naar huis had gebracht en waarvan ik geen heil te verwachten had.

Heb ik de gasmaskers nog niet vermeld? Hij had in de oorlog een kist vol van die dingen bemachtigd. Hij zorgde dat er in elke kamer van het huis twee aan een spijker hingen, zodat waar we ons ook bevonden, wij ervoor klaar waren als de asmogendheden bij een daadwerkelijke aanval op New York gasbommen zouden gebruiken. Gezien zijn eeuwige hoest en gerafelde stembanden, de gevolgen van het ontbreken van gasmakers toen in 1918 de mist op zijn compagnie af woei, maakte ik geen tegenwerpingen. Maar hij wilde per se dat ik het opzetten van het masker oefende, zodat ik, als en wanneer het moment daar was, niet in gestuntel zou sterven. De bedekking van mijn neus en mond, boven op het donker waarin ik toch al leefde, was beangstigend. Het was alsof me daarmee ook de reuk- en smaakzin werden benomen. Het viel me zwaar om door de bus te ademen; kon alleen de verstikkingsdood verhoeden dat ik stierf door gifgas? Maar ik maakte er het beste van en klaagde niet, al leek een Duitse gasaanval op Fifth Avenue me hoogstonwaarschijnlijk.

Tegen het einde van de oorlog had het productiegeweld van de Amerikaanse economie een surplus voortgebracht aan alles wat een soldaat ooit nodig kon hebben, en zodoende hadden wij, behalve die gasmaskers, genoeg dumpgoed vergaard om ons eigen legertje uit te rusten. Volgens Langley was psu-materiaal op de vlooienmarkt zo goedkoop dat er commercieel perspectief in zat. We hadden patroongordels, schoenen, helmen, veldflessen, blikken etensbakjes met blikken eetgerei, voor de verbindingsdienst ontworpen seinsleutels, oftewel *bugs*, een tafelblad vol veldgroene broeken en Ike-jasjes, werktenues, harde wollen dekens, zakmessen, verrekijkers, dozen met onderscheidingslint, enzovoorts. Het leek of de tijden door ons huis waaiden, en of dit de dingen waren die de oorlogswind bij ons had achtergelaten. Langley liet de details van zaken waar hij commercieel perspectief in zag onuitgewerkt. Dus kwamen net als de rest die helmen, schoenen, enzovoorts, nooit meer van de plaats waar ze opgeborgen waren: objecten van een voorbije geestdrift, haast alsof we een museum waren, zij het een waarvan de schatten nog niet waren gecatalogiseerd, het conservatorswerk nog moest beginnen.

Niet alles lag te verstoffen; toen onze kleren afgedragen waren, trokken we zo'n werktenue aan, zowel de broek als het hemd. En ook de schoenen, toen de onze op waren.

En o ja, de geoliede M1, een geweer waar nooit een schot mee gelost was. Het was een van mijn broers grootste trofeeën. Gelukkig had hij de bijbehorende patronen niet kunnen vinden. Hij boorde een zware bout in de marmeren schouw waar we de M1 met de schouderriem aan ophingen. Hij was zo ingenomen met zijn werk dat hij hetzelfde deed voor de Springfield, die daar al bijna dertig jaar stond. Als kerstsokken hingen ze boven de haard, die twee geweren. We hebben ze verder onaangeroerd gelaten, en hoewel ik op dit moment niet meer in de buurt van die schoorsteenmantel zou kunnen komen, hangen ze er voor zover ik weet nog steeds.

LAAT IK DUIDELIJK stellen dat ik niet uitzag naar een volgende oorlog ter opvijzeling van mijn moreel. Er leken maar luttele momenten te verstrijken na V-J Day – zo heette de overwinning op Japan – en daar gingen we weer. Ik bedacht bij mezelf hoe onnozel we allemaal waren geweest op die vreugdedronken feestdag toen heel de stad haar blijdschap hemelhoog uitschreeuwde.

Toen ik in de tijd van de stomme film pianospeelde in de bioscoop, stak de operateur aan het eind van de voorstelling zijn hoofd uit zijn hokje. De volgende film vangt aan als de rol verwisseld is, zei hij dan. Een ogenblik geduld alstublieft.

En zo was onze volgende oorlog die in Korea, maar als uit een behoefte aan iets substantiëlers wedijverden we met de Russen in het bouwen van zwaardere kernbommen dan de bommen die boven Japan waren afgeworpen. Eindeloze hoeveelheden – om boven elkaar af te werpen. Ik zou gedacht hebben dat een paar superbommen om de continenten te verkolen en de zeeën te koken en alle lucht weg te zuigen aan het doel zouden hebben beantwoord, maar blijkbaar niet.

Langley had een foto gezien van de tweede atoombom die tegen Japan was gebruikt. Een lomp lelijk ding, zei hij, niet rank en haaiachtig, zoals je van een respectabele bom zou verwachten. Je dacht eerder aan iets om bier in op te slaan. Zodra hij dat zei, moest ik aan de lege vaten en flesjes uit een failliete brouwerijboedel denken waarmee hij was thuisgekomen. Hij zeulde de aluminium vaten naar de voordeur maar moest ze om de een of andere reden loslaten, waarna ze kletterend en dreunend de stenen stoeptreden af stuiterden en het trottoir op rolden, zodat ik me nu de atoombom voorstelde als een op zijn kant liggend implodeerbaar bierfust dat om zijn as tolde tot het besloot af te gaan.

Het lastige van met Langley naar het nieuws luisteren, was dat hij zich zo kwaad maakte: hij raasde en tierde, hij diende de radio van repliek. Als krantenexpert, die elke dag alle kranten las, wist Langley beter wat er op de wereld gaande was dan de buitenlandcommentatoren. Eerst luisterden we naar zo'n commentator en dan moest ik luisteren naar Langleys commentaar op het commentaar. Hij vertelde me dingen waarvan ik wist dat ze waar waren maar die ik toch niet wilde horen, omdat ze alleen maar bijdroegen tot mijn neerslachtigheid. Hij is er uiteindelijk mee gestopt me in kennis te stellen van zijn politieke inzichten, die overigens altijd neerkwamen op zijn hoop dat er eerdaags een nucleaire wereldoorlog zou uitbreken waarin het mensdom zichzelf zou uitroeien, tot grote opluchting van God... die Zichzelf zou danken en Zijn talenten misschien zou wijden aan de schepping van een verlichter soort schepsel, ergens op een verse nieuwe planeet.

Hoe het ook zat met het wereldnieuws, nu Oma Robileaux weg was, stonden we voor het praktische probleem hoe we ons moesten voeden. Homer, sprak mijn broer, we eten voortaan buiten de deur; het zal je goeddoen om in de benen te komen in plaats van de hele dag maar in een stoel medelijden met jezelf te zitten hebben.

We ontbeten in een cafetaria op Lexington Avenue, een stevige tien of twaalf minuten lopen van ons huis. Ik sta even stil bij het eten: men serveerde er voor één dollar vijfentwintig vers sinaasappelsap, eieren naar wens met ham of spek, *hash browns*, geroosterd brood en koffie. Ik liet me mijn eieren meestal voorzetten als omelet op het brood, want dat at het makkelijkst. Het was niet goedkoop voor een ontbijt, maar bij andere zaken was je nog duurder uit. Voor het avondeten gingen we naar een italiaan op Second Avenue, een wandeling van twintig minuten. Ze hadden er diverse spaghettischotels en hoofdgerechten met kalfsvlees en kip, een groentesalade, enzovoorts. Het was niet zo'n goed restaurant, maar de eigenaar hield elke avond hetzelfde tafeltje voor ons vrij en we brachten onze eigen fles chianti mee, zodat het er al met al mee door kon. De lunch sloegen we over, maar Langley zette 's middags water op, zodat we thee konden drinken met een paar crackers.

Maar vervolgens telde hij de restaurantrekeningen van de maand bij elkaar op en besloot daarop, vergetend dat hij het uit eten gaan had voorgeschreven ter verbetering van mijn geestelijk welzijn, voortaan zelf te koken. Hij trachtte eerst de ontbijten en diners te kopiëren zoals we ze buiten de deur gegeten hadden. Maar als ik dan weer een brandlucht rook en laverend mijn weg zocht naar de keuken, trof ik hem daar vloekend aan terwijl hij hete, sissende koekenpannen in de gootsteen gooide; of ik bleef tot ver na etenstijd geduldig aan tafel zitten, hongerig en vol verwachting, en kreeg dan iets onbenoembaars op mijn bord. Langley vroeg me een keer hoe ik dacht dat ik toch zo witjes en mager kwam. Ik zei maar niet: Wat wou je, met wat ik op culinair gebied heb doorstaan? Uiteindelijk gaf hij het op en begonnen we uit blik te eten, met dien verstande dat volgens zijn jongste inzichten havermoutpap een onmisbare bijdrage leverde aan een goede gezondheid en hij elke ochtend voor het ontbijt een pan met dat lijmerige spul maakte.

Het zou nog enige tijd duren eer zijn belangstelling voor gezond eten zich verbreedde en hij mijn blindheid begon te zien als iets wat met de juiste voeding te genezen was.

WAT LANGLEY DEED om mij op te monteren was een televisie aanschaffen. Ik heb maar niet geprobeerd de ratio hiervan te doorgronden.

Dit was in de begintijd van de televisie. Ik voelde aan het glazen scherm: vierkant met afgeronde zijden. Beschouw het als een beeldradio, zei hij. Je hoeft het beeld niet te zien. Je kunt gewoon luisteren. Je mist er niets aan; wat ruis is op de radio, heb je op de tv in de vorm van een soort sneeuw. En als het beeld een keer opklaart, loopt het meestal aan de bovenkant van het scherm weg om van onderen weer omhoog te komen.

Als ik er toch niets aan miste, wat deden we dan moeilijk? Maar ik ging er in het belang van de wetenschap voor zitten.

Langley had gelijk wat de verwantschap met de radio betrof. Televisieprogramma's waren gestructureerd als die op de radio, in segmenten van een half of soms zelfs een heel uur, met dezelfde soaps overdag, dezelfde komische series, dezelfde swingorkesten en dezelfde stomme reclame. Het had weinig zin, dit tv-luisteren, tenzij er een journaal of quiz was. Het nieuws ging altijd over communistische spionnen en hun mondiale samenzwering om ons te vernietigen. Dat was niet direct opbeurend; aan de quizprogramma's op de televisie hadden we in dat opzicht meer. We stemden er regelmatig op af, voornamelijk om te kijken of wij de vragen eerder konden beantwoorden dan de kandidaten. En dat konden we heel dikwijls. Ik wist het antwoord op vrijwel alles wat met klassieke muziek te maken had, en dankzij mijn ervaring met het draaien van platen bij het thé dansant kwam ik met populaire muziek ook een heel eind. En ik was vrij goed in honkbal en literatuur. Langley was een kei in geschiedenis en filosofie en natuurkunde. Wie was de eerste geschiedschrijver, vroeg de spelleider. Herodotus! zei Langley. En als de kandidaat dan niet vlot genoeg antwoordde, riep Langley: Herodotus, idioot! alsof de vent hem kon horen. Daar moest ik om lachen, en zo werd het onze gewoonte om de mensen in die programma's idioten te noemen. Hoe ver stond de zon van de aarde? Honderdvijftig miljoen kilometer, idioot! Wie schreef *Moby-Dick*? Melville, idioot! En zelfs als een kandidaat wel een keer het goede

antwoord gaf, als hij luisterend naar bijvoorbeeld de ope-
ningsfrase van de *Vijfde* van Beethoven – Da-da-da-dam,
het drie keer kort en één keer lang van de V in het morse-
alfabet, waardoor het in de oorlog een populair stuk was –
als hij dan zei dat de componist Beethoven was, riepen
wij: Goed zo, idioot!

Gezien ons succespercentage bij die quizzen, overwo-
gen we uiteraard om ons op te geven als kandidaat. Langley deed enig onderzoek naar wat je daarvoor moest doen.
Het scheen dringen te zijn om een plaatsje in zo'n programma – logisch, er was tenslotte geld te verdienen. Je
stuurde je cv op en werd opgeroepen voor een gesprek en
gescreend, waarachtig alsof het programma werd gepro-
duceerd door de FBI. Toen we onszelf in een programma
van een halfuur een examen afnamen, lieten we prompt
de bank springen. Het probleem, zei Langley, was dat we
te goed waren. Er zou geen lol aan zijn. Bovendien zijn ze
tenenkrommend, Homer, die kandidaten die als een de-
biel in de camera grijnzen. Als ze wat winnen, springen ze
op en neer als een marionet aan een touwtje. Zou het geld
het jou waard zijn om jezelf zo voor gek te zetten? Nee, zei
ik. Mee eens, zei hij. Kwestie van zelfrespect.

En dus besloten we ervan af te zien. Ik vermoedde destijds natuurlijk wel dat wij couturieel niet het stereotype
waren. Ik had van hem gehoord dat de mannen steevast
opkwamen in een grijs pak met een gestreepte das en ste-
kelhaar en de vrouwen in een enkellange rok en een blouse met een grote kraag en met iets van een pony in hun
kapsel. Langley, kaal van kruin inmiddels, liet zijn grijze

126

achterhoofdhaar tot op de schouders groeien. Mijn eigen sluikheid, lisztiaans in het midden gescheiden, was een stuk dunner dan vroeger. En we liepen liefst in het legergroen en op kistjes; onze oude pakken en colbertjes hingen in de kast voor de motten. We zouden niet eens voorbij de portier zijn gekomen.

JEZUS, WAT IS dit toch een overbodige uitvinding, zei Langley. We hadden toen nog twee tv's erbij, door hem ergens op de kop getikt. Geen van drieën deed het naar tevredenheid.

Wie leest of naar de radio luistert, zei hij, ziet voor zijn geestesoog wat er gebeurt. Zoiets als wat jij met het leven hebt, Homer. Onbegrensde perspectieven, eindeloze horizonten. Maar het tv-scherm maakt alles plat, het comprimeert de wereld – drie keer raden wat het met je hoofd doet. Als ik nog meer tv-kijk, kan ik net zo goed met een boot de Amazone op varen om mijn kop te laten krimpen door de Jivaro's.

Wie zijn de Jivaro's?

Dat is een stam in het oerwoud met een voorkeur voor het krimpen van hoofden. Dat is gebruik bij hen.

Waar heb je dat gehoord?

Ik heb het ergens gelezen. Nadat je de vent onthoofd hebt, snijd je de huid in van de kruin tot onder aan de nek en stroop je die van de schedel: nek, hoofdhuid, gezicht. Naai het geheel dicht tot een buidel, rijg de oogleden en lippen aaneen, vul het met stenen en kook het geval in tot het formaat van een honkbal.

En wat doet men met het gekrompen hoofd?

Dat wordt aan een haar naast de andere hoofden gehangen. Mensenkopjes op een rij die zachtjes waaien in de wind.

Mijn hemel.

Ja. Denk aan het Amerikaanse volk voor de televisie.

MAAR VOOR WE de tv-stekker voorgoed uit de muur trokken, geviel het dat de verhoren werden uitgezonden van een Senaatscommissie die onderzoek deed naar de georganiseerde misdaad. Laten we daar even naar kijken, zei Langley, dus zetten we het toestel aan.

Senator, zei een getuige, het is geen geheim dat ik in mijn jeugd geen lekkere jongen was; ik heb een harde leerschool doorlopen, dat wil zeggen: ik heb gezeten. Het strafblad van toen hangt me als een dode vogel om mijn nek en is de reden dat u mij hier daagt.

Ontkent u dat u aan het hoofd staat van de machtigste misdaadfamilie van New York?

Ik ben een goede Amerikaan en ik zit hier tegenover u omdat ik niets te verbergen heb. Ik betaal mijn belasting, ik ga 's zondags naar de kerk en ik draag bij aan het sportfonds van de politie, dat jonge jongens op het veld en van de straat houdt.

Mijn god, zei ik, besef je wie dat is? Kan niet missen! Ik herken die stem uit duizenden.

Als hij het is, is hij zwaarder geworden, zei Langley. Kleedt zich als een bankier. Zijn meeste haar is hij kwijt. Ik twijfel.

Wie verandert er niet in vijfentwintig jaar? Nee, hij is het. Luister dan: hoeveel gangsters praten er op een fluistertoon gecombineerd met een fluitende hoge c? Reken maar dat het Vincent is. Hij vroeg me hoe het voelde om blind te zijn. En nu staat hij in zijn vak aan de top. Hij is een grote hotemetoot die tegenover een Senaatscommissie zit. Hij heeft ons champagne en vrouwen gestuurd, zei ik. En vervolgens hebben we nooit meer wat van hem gehoord.

Had je iets anders gehoopt?

Het was idioot van me, ik weet het, om me zo druk te maken om die boef. Maar ik was de enige niet. Wat hij nu eigenlijk verklaarde weet ik niet meer, maar na zijn optreden als getuige viel de hele schandaalpers over hem heen. Ik liet het me door Langley voorlezen. 'Vincent, judas!' schreeuwden de koppen, alsof men zich persoonlijk door hem verraden voelde. Wat volgde, waren de verslagen over de illegale circuits waaraan hij leiding zou geven, over concurrenten die een mysterieuze dood gestorven waren, de diverse rechtszaken die in vrijspraak waren geëindigd, wat alleen maar bevestigde dat hij schuldig was op een schaal waar justitie geen vat op kreeg, en, om de spanning nog wat op te voeren, de aartsvijanden die hij heette te hebben gemaakt onder de andere misdaadfamilies. Ik was diep onder de indruk.

Langley, zei ik, stel dat wij ook een misdaadfamilie waren geweest. Wat zouden we niet een veel hechtere band hebben gehad met vader en moeder als we met z'n allen hadden samengewerkt in het protectiecircuit en de goksyndicaten, in het bankieren tegen woekerrentes en het bedrijven van iedere denkbare vorm van misdaad, met inbegrip van moord, zij het volgens mij niet van prostitutie.

Nee, waarschijnlijk niet van prostitutie, zei Langley.

NA DE VERHOREN door de Senaat had Langley de stekker uit de muur getrokken en de tv ergens in een hoek gegooid, en tien jaar later pas, toen de astronauten op de maan landden, zagen we weer tv-beelden. Ik had mijn broer nooit gezegd dat ik op mijn manier het tv-scherm kon zien: ik zag het als een rechthoekig waas dat net iets lichter was dan de heersende duisternis. Ik stelde het me voor als het oog van een orakel dat bij ons naar binnen keek.

Dat ik het al een sensatie vond ooit een beroemde gangster te hebben ontmoet, gaf wel aan hoezeer mijn eigen leven me de keel uit hing. En het was een vreemde trots die me vervulde toen ik een paar weken later op het nieuws hoorde dat Vincent in het restaurant in Oost waar hij zat te eten was neergeschoten: het bevoorrechte gevoel een insider te zijn, een besef 'hem nog van vroeger te kennen' dat geen boodschap had aan de uiterste nood waarin hij verkeerde. Ik was iemand die het grootste deel van de dag in huis zat, een leven leidde zonder het normale complement van vrienden en collega's en zonder praktische bezigheid om zijn dagen te vullen, een man die aan zijn leven niet meer had overgehouden dan dat hij zich er overbewust van was – dus neem me eens kwalijk dat ik me zo aanstelde!

Het kwam door die verklaring die hij heeft afgelegd, zei ik tegen Langley. Misdaadfamilies houden niet van publiciteit. De burgemeester staat onder druk om iets te doen, het OM maakt overuren en de politie laat arrestantenbusjes rijden.

Ik had namelijk ineens verstand van criminologie.

Ik bleef wachten bij de radio. Gasten van het restaurant hadden gezien hoe men Vincent naar zijn limo droeg en met hem wegreed. Leefde hij nog of was hij dood? Ik bespeurde iets verwachtingsvols bij mezelf. Dat is minder dan een voorgevoel maar kan even ontregelend zijn. Jacqueline, wanneer je dit leest, als het er ooit van komt, dan denk je misschien: ja, op dit punt in hun leven is de arme Homer aan het malen geslagen. Maar als je de orakelkracht die ik aan een tv-toestel toeschreef even vergeet, dan hou je een onwaarschijnlijkheid over die niet zonder logica was. Ik denk tegenwoordig dat wat er gebeurde, was wat ik wilde, al bleek wat ik nu zal beschrijven uiteindelijk niet meer dan een voorbijgaande fase in ons leven, als was ons huis niet ons huis maar een weg waarop Langley en ik een pelgrimstocht aflegden.

TOEN DE TELEFOON ging, zat ik bij het radiootje in de studeerkamer van onze vader. Ik schrok. Wij werden nooit gebeld. Langley was naar zijn kamer om het dagelijkse nieuwsresumé uit te typen voor zijn archief. Hij kwam de trap af gerend. De telefoon hing in de hal. Ik nam op. Een mannenstem zei: Spreek ik met het aartsbisdom? Ik zei: Nee, u spreekt met de gebroeders Collyer. En de verbinding werd verbroken. Het aartsbisdom? Een minuut later misschien werd er op de deur gebonkt. Door deze barrage van plotselinge harde geluiden, de rinkelende telefoon, gebonk op de deur, wist men zich van onze volle aandacht verzekerd. Toen we de deur openden, vielen er drie mannen bij ons binnen die een vierde bij de armen en benen tussen zich in droegen, en dat, zowaar, was Vincent, wiens wapperende arm me uit de weg schoof en een natte plek op mijn hemd achterliet, naar later bleek een bloedvlek.

Het interessante – en ik heb het er in de loop der jaren vaak met Langley over gehad – is waarom we in de deuropening bleven staan toen die moordenaars ons voorbijliepen, want in plaats van hun het huis te laten en op een draf de politie te gaan waarschuwen, reageerden we braaf op hun schreeuwen en bevelen, sloten de deur en volgden hen naar waar ze heen stommelden met Vincent, die het uitschreeuwde als er een struikelde, tot ze uitkwamen in de studeerkamer van mijn vader, waar ze hem tussen de boekenkasten en de planken met gebottelde foetussen en ingelegde organen in een fauteuil neerzetten.

We waren nieuwsgierig, zei Langley.

Een van het drietal trawanten bleek later Vincents zoon te zijn. Massimo heette hij. Zijn stem had ik door de telefoon gehoord. De andere twee waren dezelfden die ons een eeuwigheid geleden thuis hadden gebracht uit de nachtclub. Ik zou uit hun mond nooit meer dan een enkel, doorgaans gemompeld, woord vernemen. In mijn verbeelding waren ze granietachtig: hard, net niet levenloos. Vincents linkeroor was weggeschoten, en om te voorkomen dat zijn belagers – een kartel van New Yorkse misdaadfamilies, als mijn analyse juist was – het karwei konden afmaken, had een van de granieten mannen aan ons huis gedacht en ingezien, misschien na wanhopig te hebben rondgereden op zoek naar een schuilplaats, dat een statig pand op Fifth Avenue wel het laatste was waar de achtervolgers aan zouden denken, waarna hij ons telefoonnummer had gedraaid om te horen of wij (in tegenstelling tot de aartsbisschop?) hier nog domicilie hielden, en voilà: ineens had ons huis de status van onderduikadres voor een beroemde misdadiger die bloedde uit het restant van zijn oor.

NU ZE HUN baas bij ons in een stoel hadden afgeleverd en Massimo bij hem was neergeknield om een bebloed servet uit het restaurant bij het getroffen oor te houden, leken de gangsters niet te kunnen bedenken hoe dit verder moest. Het bleef maar zo stil, op het zachte gekreun van Vincent na, die ik, moet ik erbij zeggen, in het geheel niet associeerde met de man in mijn geheugen. Er was niets over van de onverstoorbare minzame zelfverzekerdheid die ik me herinnerde en die ik ook nu van hem verwachtte. Hij viel me tegen. Het zou kunnen dat hij aan de kogel die een hap uit zijn oor had genomen tinnitus had overgehouden, maar in verhouding tot wat van levensbelang is, was het eigenlijk een onbeduidende wond. Vincent had hoogstens een cosmetisch probleem. Doe iets, prevelde hij, doe iets. Maar zijn mannen, misschien overdonderd door de slagorde van onze vaders collectie menselijke organen en foetussen in flessen formaldehyde, de talloze boeken, die zo ingenieus meer ruimte innamen dan de boekenkasten eigenlijk boden, de oude houten ski's in de hoek, de gestapelde rechte stoelen, de bloempotten met daarin nog de aarde van mijn moeders botanische experimenten, de Chinese amforen, de grootvadersklok, het binnenwerk van twee piano's, de hoge elektrische ventilatoren, de ettelijke koffers en een hutkoffer, de pakken kranten in de hoeken en op het bureau, de oude gebarsten zwartlederen dokterstas waar de stethoscoop nog uit hing – allemaal getuigen van een welbesteed leven – wat ik zeg: in het zicht van dit alles leken de mannen niet in beweging te kunnen komen. Langley nam de leiding; hij beoordeelde de aard van Vincents wond en zocht en vond in een la van mijn vaders bureau rollen verbandgaas, hechtpleister, watjes en een flesje jodium, dat hem, gezien de jaren dat het had kunnen rijpen, op het hoogtepunt van zijn werkzaamheid leek.

Het gejammer waarmee Vincent de behandeling doorstond, alarmeerde kennelijk zijn mannen, want ik voelde iets onder mijn ribben gedrukt worden waarvan ik aannam dat het de loop van een vuurwapen was. Maar het kritieke moment kwam en ging – Hier, hoorde ik Langley zeggen, bind dit om zijn hoofd – en weldra had het gejammer plaatsgemaakt voor een hervat gekreun.

DE MANNEN VERKENDEN het huis en besloten hun baas in de keuken te installeren. Boven zat hij bij onraad als

een rat in de val. De keuken, die het dichtst bij de achterdeur lag, bood een snelle vluchtmogelijkheid voor het geval dat de achtervolgers via de stoep kwamen. Uit de oude
kamer van Siobhan werden haar matras en twee kussens
naar beneden gehaald. En daar, op wat eens de zware, ro-
buuste, bewerkte boerentafel van Oma Robileaux was – ik
herinner me dat mijn moeder een 'country'-sfeer in de
keuken wilde – lag onze beroemdheid in de misdaad, drei-
nerig, vol zelfmedelijden, veeleisend en – niet gehinderd
door het bijzijn van vreemden – lelijk tegen zijn zoon.

Massimo leek de rang van gangster in opleiding te hebben, en hij kon geen goed doen bij zijn vader: als hij hun
huisarts wilde laten komen, was dat onnozel, als hij de
deur uit rende om sigaretten of iets te eten te halen,
mocht het goddomme wel wat vlugger. Massimo leek niet
op zijn vader, of op hoe ik me zijn vader herinnerde: hij
was gedrongen en volkomen kaal en had een bolrond
hoofd met een forse onderkin, zoals ik al vermoedde
voordat ik dik genoeg met hem was om zijn gelaatstrekken te mogen aftasten; voor een knaap van nog geen dertig had hij het bepaald slecht getroffen. Ik hoorde mezelf
proberen hem op te beuren. Je vader heeft pijn, zei ik, en
kan daar slecht tegen. Het gaat nu niet anders dan anders,
zei Massimo.

Ik weet nog gedacht te hebben dat Massimo het als vervanger van zijn vader nooit zou redden. Maar ik had ongelijk. Toen Vincent enkele jaren later ten slotte toch werd
doodgeschoten, werd Massimo de leider van die misdaadfamilie, een nog gevreesdere dan zijn vader.

TOEN VINCENT VOLDOENDE bedaard was om een blik op ons te werpen, werden we de keuken binnengebracht. Het was alsof ons audiëntie werd verleend. Wie zijn die lui, zei hij met zijn fluitende stem. Schooiers van de straat die komen bedelen? Massimo zei: Ze wonen hier, pa. Het is hun huis. Je meent het, zei Vincent. Ze hebben haar alsof ze nog nooit een kapper gezien hebben. En die ene heeft zijn blik op oneindig alsof hij finaal van de wereld is. O, ik snap het al, hij is blind. God, wat er toch aan uitvreters rondloopt in deze stad. Uit mijn ogen met ze, ik heb ook zonder die imbecielen erbij genoeg aan mijn hoofd.

Ik was geschokt. Had ik tegen Vincent moeten zeggen dat we elkaar kenden van vroeger? Maar daarmee zou mijn vernedering compleet zijn geweest. Ik voelde me belachelijk. Zoals elke beroemdheid of politicus was de man je beste vriend tot je elkaar weer tegenkwam en hij zich niet kon herinneren je ooit te hebben ontmoet. Langley, die erbij stond, was zo tactvol me nooit aan mijn idiotie te herinneren.

WE ZATEN VIER dagen met onze logés. Alleen in het begin werden er pistolen op ons gericht. Ik was niet bang en Langley evenmin. Hij was woedend in een mate waardoor ik zeker wist dat er een keer een ader bij hem zou knappen. Massimo probeerde op last van zijn vader de telefoondraad uit de muur te trekken. Het ging niet. Langley zei: Wacht, laat mij maar even, we hebben toch niks aan dat rotding, nooit gehad ook. En hij gaf zo'n woeste ruk dat ik de telefoon met stukken stucwerk en al van de muur hoorde komen, waarna hij het toestel dwars door de studeerkamer smeet en het glas in een van de boekenkasten van onze vader brak.

Mijn broer en ik moesten te allen tijde in het zicht blijven. Als we de kamer uit liepen, moest een van de boeven mee. In de loop van de tweede dag werd deze waakzaamheid minder strikt en ging Langley maar weer verder met zijn krantenproject, daarbij zelfs geholpen door de mannen, die om beurten 's ochtends en 's avonds de kranten gingen kopen om te kijken wat er over de aanslag op Vincent en diens verdwijning werd geschreven.

De mannen waren verbluft over de toestand waarin de schuilplaats die ze hadden uitgekozen zich bevond. Ze konden er met hun verstand niet bij dat er nergens een als zodanig herkenbare zitmogelijkheid was. In hun ogen heerste in ons huishouden qua woninginrichting een vreemde, buitenaardse voorkeur, getuige bijvoorbeeld de stapels oude kranten in de meeste kamers en op de overlopen. Maar toen ze in de eetzaal op het Model T stuitten, waren ze als het aan hen gelegen had subiet vertrokken. Hun verbijstering is misschien ons behoud geweest, want ik hoorde ze onder elkaar zeggen dat ze dolblij zouden zijn als ze hier weg konden – uit dit *gekkenhuis*, meen ik dat ze het noemden.

LAAT IK DE schrijfmachines niet vergeten. Eerder al had Langley besloten dat hij een schrijfmachine nodig had om orde te scheppen in zijn grote project: de ene krant voor altijd. Hij probeerde eerst het apparaat dat van onze vader was geweest. Het stond op het bureau van de dokter: een L.C. Smith Number 2. Het was niet het in de smeer verzamelde stof dat Langley hinderde; het probleem was dat het lint was uitgedroogd en dat de toetsen zo'n zware aanslag vergden. Maar ook als de machine perfect in orde was gebleken, zou Langley volgens mij hebben gedaan wat hij uiteindelijk deed, namelijk eropuit gaan om er nog een paar te vinden, want met al dit soort dingen gold dat waar een assortiment mogelijk was, een niet volstond. En dus was er na verloop van tijd een batterij schrijfmachines in ons bezit: een Royal, een Remington, een Hermès, een Underwood, om de standaardmodellen te noemen, en, omdat hij zo opgetogen was over zijn vondst, een Smith-Corona die uitgerust was met brailletoetsen. Daar werk ik nu op. Dus in de tijd dat Langley zich successievelijk met de gebreken van de machines vertrouwd maakte, klonk er een nieuwe muziek in mijn oren van toetsaanslagen en rinkelende belletjes en het gebonk van de rol. Tot mijn verbazing vond hij uiteindelijk een model waarover hij wel te spreken was. De rest werd de museumstatus verleend, onbeheerd en vergeten, zoals alles, met uitzondering van een prachtexemplaar dat hij in een zaak in West had opgeduikeld, een heel oude Blickensderfer Number 5, die ik vond aanvoelen als een metalen vlinder met zijn draadachtige vleugels in volle vlucht. Deze kreeg een ereplaats op de wastafel in zijn slaapkamer.

Toen ook op de derde dag niets op Vincents vertrek duidde – hij sliep de meeste tijd – hervatten mijn broer en ik, niet meer gestoord door de gangsters, geleidelijk de routine van ons leven en kreeg de bizarre situatie een schijn van alledaagsheid. Langley zat te typen aan zijn project en ik zette me weer aan mijn dagelijkse pianostudie. Het was alsof twee aparte huishoudens één ruimte deelden. Zij haalden hun eten in huis en wij redden onszelf, hoewel we na een tijdje door vrijwel alles heen waren wat we in de bijkeuken hadden, waarna zij wat ze overhielden voor ons neerzetten. Hun maaltijden zaten in witte kartonnen dozen en waren heel lekker – Italiaanse specialiteiten die 's avonds werden bezorgd; ze aten één keer per dag – en in ruil daarvoor zetten wij 's ochtends koffie en gingen bij hen zitten op de trap naar de eerste verdieping. Wanneer Vincent wakker werd, begon hij vanaf zijn keukenbed weer met klagen, met eisen en vloeken en het bedreigen van iedereen die hem onder ogen kwam. Hij verenigde ons allemaal tot een soort broederschap in verdrukking, hij was een alom gevoelde last geworden, zodat er uiteindelijk iets van een band groeide: de twee broers en de drie boeven.

Ik zou gedacht hebben dat de slapende Vincent zijn mannen liever was dan de wakende, maar van het onrustig wachten op hun volgende opdracht werden ze hoe langer hoe nerveuzer. Ze wilden nu wel eens weten hoe er zou worden teruggeslagen. Ze wilden weten wat hun te doen stond.

OP DE VIERDE ochtend hoorde ik een enorm kabaal. Het kwam uit de keuken. De mannen renden naar binnen. Ik volgde. Vincent was nergens te bekennen.

Ze trapten de deur naar de bijkeuken open en troffen hem er in elkaar gedoken in een hoekje. Horen jullie dat? zei Vincent. Horen jullie dat?

Ik hoorde het, we hoorden het allemaal. De mannen, op slag een en al waakzaamheid, hadden hun wapen getrokken, en een van hen porde me in mijn ribben. Want daar was het weer: het rakketak van een meedogenloos mechaniek, als het dodelijke geknetter van een tommygun. Vincent was uit zijn provisorische keukenbed gevallen of gesprongen toen hij wakker schrok van dat geluid, dat hem door zijn lange leven in de misdaad wel niet onbekend zou zijn. Het was een precair moment, en ik wist dat ik er geweest was als ik zou lachen. Ik wees alleen maar naar het plafond en liet het aan henzelf over om te bedenken dat dit Langley achter zijn schrijfmachine was; omdat zijn vingers moesten vliegen om zijn gedachten bij te houden, was Langley een razendsnelle typist, en zijn kamer lag pal boven ons hoofd. Op welke schrijfmachine hij bezig was wist ik niet – de Remington, de Royal of misschien de Blickensderfer Number 5? Hij had hem op een uitklapbaar kaarttafeltje staan dat niet al te stabiel was, en zoals het zich via de iele tafelpoten en door de vloer voortplantte, nam het gerammel op de toetsen een hamerende, donkerder klankkleur aan, die naar ik veronderstel een slapende en onlangs beschoten gangster in de oren kon klinken als de volgende aanslag op zijn leven.

Vincent hernam zich en lachte alsof hij het grappig vond. En als hij lachte, lachten de anderen mee. Maar hij had van de schrik een agressief soort bewustzijn hervonden. Het was uit met het slapen; hij was weer de misdaad-baas.

Wat is dit hier voor gribus? zei hij. Ben ik in een uitdra-gerij? Moet ik het hiermee doen? Wist jij, Massimo, niks beters te vinden? Moet je toch kijken. Ik moet me op ver-gelding bezinnen. Op serieuze aangelegenheden. En jullie stoppen me in dit hondenhok. Mij! En waar zijn de inlich-tingen die ik nodig heb, waar blijft de informatie waar ik op reken? Ik zie jullie naar elkaar kijken. Komen jullie met uitvluchten? Er is een rekening te vereffenen, en die zal ik vereffenen ook. En als ik klaar ben met wie me dit geflikt hebben, is degene uit de familie aan de beurt die me ver-linkt heeft. Of moet ik geloven dat het gewoon domme pech is dat ik nu een oor minder heb? Nou, ik vraag jullie wat! Is dat het, domme pech, liepen ze bij toeval het res-taurant binnen waar ik zat?

Zijn mannen zeiden niets; ze keken wel uit. Ze waren misschien zelfs wel gerustgesteld dat hun baas zijn oude vorm weer had. Ik hoorde hem ijsberen, dingen opzijdu-wen, uit de weg gooien.

ZOALS IK LATER van Langley hoorde, had Vincent, al rondsluipend met een hand voor zijn ooropening, een van de helmen uit de legerdump ontdekt en opgezet. Waarna hij de behoefte had om zichzelf in een spiegel te zien en de mannen de staande spiegel uit de slaapkamer van mijn moeder de trap af droegen, een boudoirspiegel die in zijn ophanging kon kantelen.

Toen Vincent zijn spiegelbeeld zag, besefte hij hoe erg

zijn pak te lijden had gehad. Hij kleedde zich uit – jasje, broek, overhemd – en vond in zijn ondergoed en op sokken en schoenen in onze voorraad een legertenue dat hem paste en zei: Niemand gelooft dat ik het ben in deze uitmonstering. Ik zou op klaarlichte dag zo de voordeur uit kunnen lopen. Hé, Massimo, wat vind jij? Lijk ik op iemand die je kent?

Nee, pa, zei de zoon.

Ik kan me zo natuurlijk niet vertonen. Het zou dodelijk zijn voor mijn reputatie. Hij lachte. Daarentegen zou ik nu mijn oor nog hebben als ik laatst deze helm op had gehad.

Onze wasmachine stond in de alkoof achter de keuken, een oud model met een wringer erop, en een van de mannen vond hem en pakte Vincents kleren en gooide ze in de machine om alle bloed eruit te wassen. We zullen destijds al een heel stel elektrische strijkijzers hebben gehad en nog een paar antieke die je op de kachel moest zetten om ze heet te krijgen. Dus Massimo en een van de mannen hadden wel even werk toen ze Vincents pak probeerden te wassen en uit te wringen en zodanig te strijken dat er een aanvaardbare gelijkenis met een gestoomd kostuum ontstond.

Langley zag niet in waarom hij zich hierbij zou moeten staan vervelen, dus ging hij terug naar boven, naar zijn schrijfmachine, en kwam het gerammel en het geknal van de rol weer op gang, waarop Vincent zei: Massimo, ga naar boven en zeg tegen die ouwe dat hij ophoudt met typen, anders klem ik zijn handen in de wringer. Massimo, initiatief tonend om zijn vader te behagen, kwam met de schrijfmachine in zijn armen naar beneden, en Vincent nam het apparaat van hem over en gooide het de kamer door; ik hoorde het zilverachtig als serviesgoed aan diggelen gaan.

PAS TOEN VINCENT aanstalten maakte om te vertrekken, werd ik bang. Ik wilde hem wel weg hebben, maar wat zou hij zijn mannen zeggen met ons te doen om zijn aftocht te dekken? Urenlang, leek het, voerde de misdaadfamilie onderling overleg terwijl Langley en ik boven wachtten, zoals ons was opgedragen.

Toen het laatste licht voor de ramen verdwenen was, werden wij ontboden en rug-aan-rug vastgebonden, ieder op een keukenstoel, met een stuk drooglijn, waarvan we in de gereedschapskast in het souterrain toevallig genoeg rollen hadden liggen om de hele omgeving mee af te zetten, hoewel we in de praktijk bij het te drogen hangen van dingen een voorkeur hadden voor ijzeren rekken, waarvan we er een paar hadden en die we konden uitklappen en weer inklappen als we ze niet meer nodig hadden, want Langley verbeeldde zich dat ik zou vergeten dat ergens in huis een drooglijn gespannen was en mezelf per ongeluk zou verwurgen.

Jullie zeggen geen woord, tegen niemand, zei Vincent. Jullie zwijgen als het graf, anders komen we terug en zullen jullie ervaren wat dat inhoudt.

En toen hoorde ik de voordeur dichtslaan en waren ze weg.

Het werd doodstil. We zaten daar strak vastgebonden, rug-aan-rug, op onze eigen keukenstoelen. Ik hoorde de keukenklok tikken.

WIE VASTGEBONDEN ZIT en zich niet kan bewegen, gaat nadenken. Het kon niet worden ontkend dat boeven zich toegang hadden verschaft tot ons huis en het heft in handen hadden genomen zonder dat wij één keer een vorm van verzet hadden geboden.

We hadden met de familie aangepapt, hadden koffie met die mannen zitten drinken, ik nog wel uit medelijden met Massimo – wat was dat anders dan collaboratie? Hoe meer ik erover nadacht, des te ongelukkiger ik werd. Ze hadden ons geen moment het doodschieten waard gevonden.

De lijn om mijn armen en borst leek zich met elke ademhaling verder aan te snoeren. Ik schaamde me, was woedend op mezelf. We hadden best een trucje kunnen uithalen, kunnen suggereren dat Vincent levensgevaarlijk gewond was. Wisten die stommelingen veel? Ik had ze ertoe kunnen overreden me naar buiten te laten gaan om een dokter te halen.

Ik luisterde naar het tikken van de keukenklok. Een besef van de zinloosheid van het leven greep me als een overweldigende wanhoop naar de keel. Hier zaten we, de gebroeders Collyer, volkomen vernederd, volstrekt hulpeloos.

En toen kuchte Langley en sprak als volgt. Ik herinner me als de dag van gisteren wat hij zei.

Homer, jij was destijds nog te klein om er benul van te hebben gehad, maar onze vader en moeder zijn 's zomers een keer met ons naar een soort vakantieoord van de kerk geweest, ergens aan een meer ten noorden van de stad. We verbleven in een victoriaans herenhuis met een hoefijzer-veranda om de beneden- en bovenverdieping. Heel de gemeenschap bestond uit dat soort huizen: victoriaans met schaduwveranda's en helmdakjes en een schommelstoel op de veranda. En elk huis was in een andere kleur geschilderd. Komt hier je vaag iets bekend van voor? Nee? De mensen verplaatsten zich per fiets. De ochtend begon altijd met een gebedsontbijt in de gemeenschappelijke eetzaal. Elke middag was er een vrolijk meezinguurtje onder leiding van een banjo-orkestje van mannen met een strooien zomerhoed op en een rood-wit gestreept jasje aan. 'Down by the Old Mill Stream'. 'Heart of My Heart'. 'You Are My Sunshine'. De kinderen werden bezighouden met zaklopen en raffiavlechten en zeepbewerken, en bij het meer stond de brandweerwagen van de gemeenschap met zijn spuit omhoog zodat wij gillend en lachend onder het stuivende water door konden rennen. Elke middag, als de zon begon te zakken boven het heuvelland, kwam er onder getoeter en gefluit een raderboot aanvaren over het meer. 's Avonds was er een muziekuitvoering of lezing over een verheffend onderwerp. Iedereen was blij. Iedereen was vriendelijk. Je kon geen stap zetten of je werd breed toegelachen. En laat ik je dit zeggen: ik was heel mijn prille leven nog nooit zo bang geweest. Want waar kon zo'n oord anders voor zijn dan mensen het idee te geven dat het zo zou toegaan in de hemel? Waar anders voor dan een voorproefje te bieden van de vreugden van het eeuwig leven? Ik was nog jong genoeg om in de hemel te geloven... en me voor te stellen dat ik de eeuwigheid zou ingaan met het banjo-orkest met de strooien zomerhoeden en gestreepte jasjes, te denken dat het mijn voorland was om onveranderlijk tussen al die wezenloos blije mensen te verkeren en te bidden en te zingen en te worden voorgelicht omtrent verheffende onderwerpen. En te zien hoe mijn eigen ouders dit ijzingwekkend probleemloze bestaan omhelsden, dit leven van continue, onverbiddelijke blijdschap, om mijn geest rijp te maken voor een leven van deugdzaamheid? Homer, die vreselijke zomer heb ik ingezien dat onze vader en moeder onmogelijk aan de verwachtingen zouden kunnen beantwoorden die ik van hen had. En ik nam me plechtig voor om er alles aan te doen om niet naar de hemel te hoeven. Pas toen me een paar jaar later begon te dagen dat de hemel niet bestond, viel me een zware last van de schouders. Waarom vertel ik je dit? Ik vertel het je omdat mens-zijn in deze wereld de confrontatie is met het harde ware leven in zijn barre feitelijkheid en de wetenschap dat er niet meer is dan het leven en de dood en een scala aan mensenkwellingen waar het verstand van een figuur als God bij stil zou staan. En dat zien we hier bevestigd, hè? In het beeld van de vastgebonden gebroeders Collyer, hulpeloos, vernederd door een beschavingsloze onmens? Is dit niet het leven zelf dat woordeloos tot ons preekt? En zou God toch bestaan, dan moeten we Hem dankbaar zijn dat Hij ons

nog eens aan het ijzingwekkende van Zijn schepping her-
innert en het eventuele laatste restje hoop bij ons weg-
neemt op een hiernamaals van bête blijdschap in Zijn tegenwoordigheid.

Het was Langley wel toevertrouwd om mij verlichting
te schenken van mijn somberheid.

DUS DIT, ZEI ik, is hoogstens een onalledaagse vorm van
tegenslag. Die we ook wel weer te boven komen.

We zaten vastgebonden op de biezen Shakerstoelen met
laddervormige rugleuning die mijn moeder had uitgezocht voor bij de grote boerentafel die door Vincent als
bed was gebruikt, op zich een vorm van heiligschennis,
nu ik erbij stilstond. Het had geen zin om te proberen los
te komen uit de drooglijn die om onze armen en de spor-
ten in onze rug gestrengeld en geknoopt zat. Maar ik had
wel gemerkt dat de poten van mijn stoel een beetje wiebel-
den wanneer ik heen en weer bewoog. Deze stoelen zijn
ouder dan wij, zei ik.

Goed, zei Langley. Ik tel tot drie, en dan werp jij je naar
links. En vallen we om. Denk om je hoofd.

En dat deden we: we kapseisden, en toen we tegen de
vloer sloegen, brak mijn rugleuning in stukken en zat er
ineens genoeg speling in de drooglijn om me al wringend
uit de lussen te werken en vervolgens Langley te bevrij-
den.

Het schonk ons grote voldoening deze manoeuvre te
hebben uitgevoerd. We wankelden overeind, klopten
onze kleren af en gaven elkaar een hand.

HET WAS IN de nazomer van dat jaar. Het was nog vrij warm, en om onze bevrijding te vieren gingen we aan de overkant van de straat op de bank onder de oude boom zitten waarvan de takken tot over de muur om het park hingen. Het was prettig om weer eens buiten te zijn. Zelfs de walmen van een over Fifth Avenue voorbijrijdende bus waren prettig. Ik hoorde een vogel zingen, iemand een hond uitlaten, een grote hond, naar het getik van zijn poten op het trottoir te oordelen. Ik ging achteroverzitten op de bank en wendde mijn gezicht omhoog naar de hemel. Nimmer was het gewone alledaagse leven in de buitenlucht zo heerlijk geweest.

Langley liet een keurend oog over ons huis gaan. De lateien boven de ramen op de eerste verdieping, zei hij. Daar zijn hier en daar stukjes uit. En in de kroonlijst zijn echt gaten gevallen. Geen idee wanneer dat gebeurd is. En in een van de holten zit een soort smerig vogelnest. Nou ja, vogels, waarom niet? zei hij. Die konden er ook nog wel bij. Bij het stelende personeel, de vertegenwoordigers van de overheid, misdaadfamilies, echtgenotes...

Eén echtgenote maar, zei ik.

Een is genoeg.

We bespraken de mogelijkheid om naar de politie te gaan, maar dat zouden we natuurlijk nooit doen. Vertrouw op eigen kracht, zei Langley de grote Amerikaanse wijsgeer Ralph Waldo Emerson na. We hebben niemands hulp nodig. Laten ons niet in de kaart kijken. We zullen onszelf verdedigen. Ons verweren tegen de wereld – we zijn niet vrij als een ander bepaalt in hoeverre.

En zo zaten we daar enige tijd in filosofische overpeinzing en lieten de schok van de ervaring wegebben in de warme nazomermiddag, met Central Park in onze rug en het beeld van die serene natuurlijke groene wereld in mijn hoofd.

TOEN WE EENMAAL vastgebonden waren op die stoelen, had Vincent een paar honderddollarbiljetten verfrommeld en ze bij Langleys voeten neergegooid, alsof hij een bedelaar voor zich had. Ik vond dat we het geld goed besteedden door bij een houthandel zware jaloezieluiken op maat te laten maken voor de ramen in de voorgevel. Langley liet ze zwart schilderen. Verder verstevigden we de voordeur met twee ijzeren wandbeugels waar een dwarsbalk in paste. Die zou ons helpen om eerst te vragen wie er was voor we opendeden.

Maar de luiken leken een signaal met een speciale betekenis voor de onroerendgoedwereld. De makelaars kwamen op ons huis af als vogels op een voertafel. Hun geklop op de deur en vrijpostig vrolijke hallo werden een dagelijks terugkerend verschijnsel. Het waren meestal vrouwen. En toen wij niet meer opendeden, vatten ze de gewoonte op om hun kaartje en hun folders in de brievenbus te gooien. En iemand, waarschijnlijk ook weer zo'n vastgoedfiguur, die ons probeerde te bellen, meldde aan de telefoonmaatschappij dat hij een constante bezettoon kreeg. En dus verschenen er telefoonmonteurs en volgde er nog meer gebons op de voordeur en geschreeuw van onze kant dat we niet om hen gevraagd hadden. We hadden, sinds Langley de telefoon van de muur had gerukt, geen van tweeën ooit de behoefte gevoeld ons weer te laten aansluiten. En hoewel de telefoonmaatschappij dus van haar storingsdienst had moeten weten dat de telefoon buiten gebruik was, stuurde men brieven met het dreigement ons af te sluiten als we de aangroeiende stapel openstaande rekeningen niet betaalden. Langley schreef onder dankzegging dat wij onszelf al hadden afgesloten, maar uiteindelijk kregen we toch een incassobureau op ons dak, de eerste van een reeks vertegenwoordigers van schuldeisers waarmee Langley een strijd voerde die een zekere roemruchte faam zou verwerven.

Mijn broer en ik overlegden. Het was hem duidelijk geworden dat ik me niet wel bevond bij de eeuwige duisternis in huis. Je zou denken dat het voor mij niets uitmaakte, maar ik bleek mijn leven toch meer en meer naar de achterkamers te verplaatsen, waar de ramen nog wel uitzicht hadden. Ik kon het daglicht onderscheiden van het duister door de wisseling van temperatuur of zelfs de geur, want het donker rook zus, het daglicht zo. Dus ik was niet onverdeeld gelukkig met ons vertrouwen op eigen kracht. Mijn Aeolian hield ook niet van de duisternis, zijn timbre leek te zijn veranderd, hij klonk doffer, minder ferm, alsof hij het donker als een floers ervoer.

En dus gooiden we de luiken toch maar weer open en hadden we weer enige tijd een venster op de wereld.

LANGLEY VATTE ME in het oog en vond me er pafferig uitzien. Je wordt vadsig, Homer, en dat voorspelt weinig goeds voor je gezondheid. Hij diepte de tandemfiets met de lekke band van de Hoshiyama's op en schroefde hem vast op steunen, waardoor de wielen de grond niet meer raakten, zodat ik kon trappen en toch nergens heen ging. En elke ochtend maakten we een fikse wandeling over Fifth Avenue en terug over Madison Avenue, met nog een rondje om ons blok ter afsluiting. Dat was natuurlijk nog maar het begin van zijn campagne. Hij kwam een keer thuis met een nudistenblad waarin vurig werd gepleit voor radicale gezonde leefregels. Niet dat we voortaan zonder kleren rondliepen, maar zware doses vitamine A tot en met E aangevuld met kruiden en bepaalde gemalen noten die alleen in Mongolië voorkwamen, heetten niet slechts bevorderlijk te zijn voor een lang leven maar zouden zelfs pathologische aandoeningen als kanker en blindheid kunnen genezen. Dus trof ik tegenwoordig op de ontbijttafel naast de gebruikelijke bak havermoutbrij bergjes capsules en noten en onduidelijke verpulverde blaadjes die ik allemaal braaf innam, voor zover ik kon nagaan zonder merkbaar resultaat.

Ik moet erbij zeggen dat mij niets mankeerde – ik voelde me uitstekend, beter dan ooit zelfs, en ik vond de lichaamsbeweging geen enkel bezwaar – maar omdat ik mijn broer niet voor het hoofd wilde stoten, deed ik of ik ook in die voedingsflauwekul geloofde. Waarnaast ik ontroerd was door zijn bezorgdheid om mijn welzijn. Dat ik nu ook een project van hem was, deed me in zekere zin deugd.

Tussen zijn verzamelwaar die ik in de salon was tegengekomen bevond zich een bas-reliëf van een vrouwenkop die hij aan een spijker in de muur had gehangen. Het was een soort grote camee. Ik bevoelde haar gelaatstrekken, de neus, het voorhoofd, de kin, de slag in het haar, en het deed mijn tastzin genoegen om met mijn vingers over dit halve reliëfgezicht te gaan, al begreep ik tegelijkertijd dat het een werkstuk van weinig waarde was, een reproductie misschien van iets wat ergens in een museum hing. Maar Langley had me gezien, en het zal die gelegenheid wel geweest zijn die hem ertoe inspireerde om iets te doen aan het jammerlijke gemis dat iemand ervoer die geen toegang had tot de beeldende kunst.

Om te beginnen kwam hij van zijn omzwervingen thuis met enkele beenivoren miniatuurnetsukes van vrijende oosterse stelletjes. Ze hadden dezelfde afmetingen als de ivoren miniatuurtjes die de Hoshiyama's hadden achtergelaten, maar die hadden we zelfs met goed zoeken niet terug kunnen vinden. Het was de bedoeling dat ik deze kleine uitbeeldingen van seksuele verzaliging zou betasten om na te gaan in welke ingewikkelde standen die roekeloze liefdespaartjes nu precies verstrengeld waren geraakt. Er waren verder nog de maskers van gave gipsgezichten en uit hout gesneden vervaarlijke Afrikaanse godheden die hij op een vlooienmarkt of veiling had opgeduikeld. En zo begon wat ik Langleys Museum voor Schone Kunsten noemde onderscheiden vorm aan te nemen binnen al het andere uit de wereld van het levenloze waartussen wij in de loop der jaren waren komen te wonen. En volgde ik een cursus tactiele kunstbeleving. Maar dit was geen l'art pour l'art. Langley had zich in de medische bibliotheek van onze vader ingelezen in de anatomie en pathologie van het oog. Staafjes en kegeltjes maken dat het oog kan zien, zei hij tegen me. Die vormen de grondslag van alles. En als de eerste de beste hagedis zijn staart kan laten aangroeien, zou de mens dan niet kunnen zorgen voor de aangroei van kegeltjes en staafjes?

Net als het Mongoolse notenmaalsel bij mijn ontbijt was mijn leergang kunstbeleving gericht op het herstel van mijn gezichtsvermogen. De bedoeling is een dubbelslag, zei Langley. Versterkende kruidenmengsels van binnenuit en fysieke oefening van buitenaf. Je hebt de grondstoffen voor de staafjes en kegeltjes en vanuit de vingers oefen je het lichaam om ze aan te maken.

Ik wist dat tegenwerpingen geen zin hadden. Elke ochtend speurde ik turend naar het morgenlicht om te zien of er al iets veranderde. En elke ochtend wachtte Langley tot ik verslag uitbracht. Het was altijd hetzelfde.

Na een tijdje begon het me te irriteren. Langley bepleitte geduld; het vergt tijd, zei hij.

Een week lang was vingerverven het devies, met van die kleine kuipjes gekleurde kindersmurrie die ik van hem moest uitsmeren over vellen papier om te kijken of ik kleuren kon leren herkennen op gevoel. Dat kon ik natuurlijk niet. Ik vond het een vernederende exercitie. Binnen een andere strategie moest ik door het huis lopen en mijn handen over schilderijen laten gaan die ik me herinnerde van toen ik nog kon zien: paarden op het ruiterpad in Central Park. Een klipper op zee in een storm. Mijn vaders portret. Het portret van mijn moeders oudtante, die om een onachterhaalbare reden per kameel door de Soedan was getrokken. Enzovoorts. Het lastigste aan deze opdracht was hoe ik bij de muren kwam. Twee keer struikelde ik en viel. Langley moest dingen verplaatsen, uit de weg ruimen. Ik kende de schilderijen door hun plaats aan de wand, maar op de tast hun beeld oproepen was een ander verhaal, ik voelde alleen penseelstreken en stof.

De ratio van dit alles ontging me grotendeels. Het begon me te bedrukken. Toen deed Langley op een dag de deur open voor een levering kunstbenodigdheden: op spieramen van allerlei formaat gespannen doek, een grote houten ezel en dozen met olieverf en penselen. En nu moest ik pianospelen terwijl hij schilderde wat hij hoorde. De theorie was dat zijn schildersactiviteit een vertaaldaad zou zijn. Ik moest geen stukken spelen, ik moest improviseren en het resulterende doek zou de vertaling in het visuele zijn van wat ik had voortgebracht in geluid. Als dan de verf was opgedroogd, was de veronderstelling, zou ik in een synaptische bewustwordingsflits geluid zien of verf horen en zouden de staafjes en kegeltjes gaan uitlopen en lichtend tot leven komen.

Ik sloot niet uit dat mijn broer malende was. Ik wenste vurig dat hij zijn krantenproject weer zou oppakken. Ik speelde met hart en ziel. Ik had me sinds de begintijd van mijn blindheid niet meer zo gebrekkig gevoeld, zo incompleet, als nu. Hoe meer hij mijn situatie probeerde te verbeteren, des te bewuster ik me werd van mijn invaliditeit. Dus ja, ik speelde.

Ik had kunnen weten dat Langley, toen hij zich omwille

van mij met kunst was gaan bezighouden, tot een obsessief amateurkunstenaarschap zou vervallen dat niets meer met mijn revalidatie te maken had. Leer mij mijn broer kennen. Je kon erop wachten. Hij beperkte zich bij zijn composities niet tot olieverfschilderen maar bevestigde allerlei materiaal aan het doek, al naar het hem inviel. Objets trouvés noemde hij ze, en om ze te vinden hoefde hij maar om zich heen te kijken, want ons eigen huis was de vindplaats van de vogelveren, touwtjes, rollen stof, speeltjes, stukken glas, houtjes, krantenkoppen en wat al niet waar hij iets in zag. In theorie deed hij het voor mij, het zo tactiel mogelijk maken van zijn werk, maar in wezen omdat het meerdimensionale hem aansprak. Omdat het overtreden van regels hem aansprak. Want waarom zou een schilderij altijd vlak moeten zijn? Hij zette een doek voor me neer en liet me het bevoelen. Wat stelt het voor, vroeg ik dan, waarop hij antwoordde: Het stelt niets voor, dit doek beeldt niet iets uit. Het is zichzelf, en dat is genoeg.

Wat waren het gelukkige dagen toen Langley half vergeten was waarom hij was gaan schilderen. Ik hoorde hem roken en hoesten achter zijn ezel, en ik rook de geur van zijn sigaretten en zijn olieverf en ik voelde me weer de oude. De sessies waarbij hij me had laten improviseren achter de piano, hadden een zeker besef van mijn mogelijkheden als componist bij me gewekt, en nu improviseerde ik binnen bestaande vormen en werkte etudes, ballades en sonatines uit die ik, omdat ik ze niet kon noteren, vastlegde in mijn geheugen. In de andere kamer begreep

Langley welke ontwikkeling zich bij mij voordeed, want hij ging de stad in en kwam terug met een draadrecorder en, een tijdje later, met twee betere apparaten die opnamen maakten op band, waardoor ik mezelf kon beluisteren en veranderingen kon aanbrengen en nieuwe thema's kon bedenken en opnemen eer ze me weer ontschoten, en voor mijn gevoel was geen van beide gebroeders Collyer ooit gelukkiger geweest dan in deze tijd.

De doeken van mijn broer uit die dagen staan tegen de muren opgeslagen, sommige in de studeerkamer van onze vader, andere in de hal, weer andere in de eetzaal met het Model T. Sommige heeft hij in het trappenhuis naar de eerste en tweede verdieping gehangen. Na al die tijd ruik ik de olieverf nog. De opnamen die ik heb gemaakt, bevinden zich ergens in huis, bedolven onder god weet wat. Mijn avontuur in het componistenvak beklijfde niet, evenmin als zijn schildersleven, maar toch zou het interessant zijn als ik de banden terug kon vinden, de op spoelen gewonden draden, om te horen wat ik heb gedaan. Maar in mijn verbeelding zie ik afgerolde banden slingeren tussen alle andere spullen, waarnaast ik niet zou weten waar ik de apparaten moest zoeken om ze af te spelen. En ten slotte is mijn gehoor... is mijn gehoor niet meer wat het geweest is, alsof ook dit zintuig zich in het domein van mijn ogen aan het terugtrekken is. Ik ben dankbaar dat ik deze schrijfmachine heb, en de riemen papier bij mijn stoel, nu de wereld langzaam sluitend is dichtgegaan, wat ertoe zal leiden dat alleen mijn bewustzijn me overblijft.

MAAR IK WIL Langleys laatste schilderij niet onvermeld laten, het laatste dat hij gemaakt heeft voor hij zijn krantenproject hervatte. Het was niet zozeer geïnspireerd door de eerste maanreis van de astronauten als wel door hun gependel nadien. Hij liet het me aanraken. Ik voelde een zandoppervlak waarin stenen waren opgenomen en kraters met wanden van zo te voelen een soort zandige epoxylijm. Ik vroeg me af of hij op uitbeelding teruggreep, want zo stelde ik me voor dat de maan zou aanvoelen wanneer ik me kon bukken om mijn hand ernaar uit te steken. Maar het was een reusachtig doek, het grootste dat hij ooit gemaakt had, en toen ik er met mijn hand overheen ging, voelde ik dat er een soort stok aan het oppervlak vastzat, en toen ik met mijn hand langs die stok omlaagging, werd hij dunner en liep plotseling haaks uit in een stuk ijzer. Wat is dit, zei ik, het lijkt wel een golfstok. Dat is het ook, zei Langley. Op andere plaatsen waren kleine boekjes met de rug aan het doek bevestigd waar losse pagina's, stijf van de lijm, uit omhoogstaken alsof ze opwaaiden in de wind, drie of vier van die boekjes van verschillend formaat. Waait het op de maan? vroeg ik. Nu wel, zei mijn broer.

Ik vond het maanschilderij niet zo goed; het probleem was dat ik het zonder moeite voor me zag. Misschien besefte Langley ook dat het mislukt was, want het was het laatste dat hij ooit heeft gemaakt. Of misschien kwam het door die maanwandelingen van onze astronauten dat Langley het schilderen eraan gaf: hij kon zijn woede er niet voldoende in kwijt. Vind je het niet van een onvoorstelbare botheid dat je een golfballetje gaat slaan op de maan? zei hij. En wat dacht je van die ander, die terwijl hij zijn rondjes draaide de Bijbel voorlas aan het universum? Heel het scala aan blasfemieën vind je terug in die twee handelingen, zei hij. Stompzinnige eerbiedloosheid aan de ene kant, stompzinnige aanmatiging aan de andere.

Ik voor mij was van diep ontzag vervuld, en ik zei tegen hem: Langley, het is haast niet voor te stellen dat een mens naar de maan gaat, het lijkt wel een droom, het is verbijsterend. Daarvoor vergeef ik die astronauten willekeurig wat.

Maar hij wou er niet aan. Weet je wat het goede is aan dat ruimteavontuur, Homer? Het goede is dat het afgelopen is met de aarde, want waarom zouden we dit anders doen? We zijn als soort doordrongen van het onbewuste besef dat we deze planeet zullen opblazen met onze kernoorlogen en ons gereed moeten maken voor vertrek. Het slechte is dat als we inderdaad weg weten te komen, we de rest van het heelal met ons morele tekort zullen besmetten.

Als dat zo is, zei ik, hoe zal het dan jouw tijdloze, eeuwig actuele krant vergaan?

Daar heb je gelijk in, zei hij, ik moet ruimte maken voor een nieuwe categorie: technische verworvenheden.

Maar de ene technische verworvenheid volgt de andere op – welke kan alle andere symboliseren?

Ach, broer van me, dat snap je toch wel? De kroon op onze technische verworvenheden zal de ontsnapping zijn aan de puinhoop die we ervan gemaakt hebben. Er komt er geen meer na, want we zullen alles reproduceren wat we op aarde hebben gedaan, we zullen ergens anders heel de cyclus opnieuw doorlopen en de mensen zullen mijn krant lezen als profetie en weten dat ze, vertrokken van de ene planeet, de volgende met een gerust hart kunnen verwoesten.

IK MOET AAN dat verhaal van Quasimodo denken, de klokkenluider van de Notre Dame, de gebochelde stakker die verliefd was op een mooi meisje en in zijn gekwelde hartstocht de klokken van de grote kathedraal luidde. Ik vroeg me af, in mijn verlangen naar een geliefde, of ik in hem mezelf terugzag. Of zou ik toch nog een vrouw kunnen vinden die vanuit het genie van haar eigen liefhebbend innerlijk iets met mij wilde beginnen? Het model dat ik hierbij in gedachten had was Mary Elizabeth Riordan, mijn pianoleerlinge van lang geleden. Eigenlijk was het Mary Elizabeth Riordan zelf naar wie ik verlangde. Ik had mijn gevoel voor haar bewaard zoals je een kleinood bewaart, weggestopt in een doosje. In mijn fantasie kwam ze op een goeie dag bij ons terug als volwassen jonge vrouw wie sinds kort de ogen waren opengegaan voor mijn beschroomde en destijds als zodanig onherkenbare hofmakerij. Het was een wrede samenloop van omstandigheden of sinistere configuratie van spirituele krachten dat net toen ik aan haar dacht, zij ons voor het eerst in jaren een brief schreef.

Langley kwam ermee binnen uit de hal. De brief zat tussen het gebruikelijke stapeltje rekeningen, aanmaningen van advocaten en schrijvens van bouw- en woningtoezicht waar de postbode altijd zo attent een elastiekje omheen deed. Kijk eens aan, zei Langley. Een postzegel uit de Belgische Congo. Wie is zr. M.E. Riordan?

Mijn god, zei ik, is dat mijn pianoleerlinge?

Hiermee was haar lange stilte verklaard: ze had geloften afgelegd, ze was lid van een of andere zusterorde. Ze was non! Beste vrienden, ik weet dat ik al veel eerder had moeten schrijven, hoorde ik haar met Langleys stem zeggen, maar ik hoop dat jullie het me vergeeft.

Beste vrienden? En ome Homer en ome Langley dan? Mensen legden niet alleen geloften af, ze legden ook hun oude taalgebruik af. Ik vroeg Langley de brief nog eens voor te lezen. Beste vrienden, ik weet dat ik al veel eerder had moeten schrijven, maar ik hoop dat jullie het me vergeeft en zult bidden voor de stakkers die ik hier mag dienen.

Ze legde uit dat ze tot een missieorde behoorde waarvan de zusters daar ter wereld heen gingen waar de mensen het armst en het hulpbehoevendst waren, om tussen hen te gaan wonen en zich over hen te ontfermen.

Ik woon in een dorp tussen de armen en verdrukten in dit verpauperde, door droogte geteisterde land, schreef ze. Vorige week nog zijn er regeringssoldaten doorheen getrokken die verscheidene mannen van het dorp zonder enkele reden hebben gedood. Deze mensen zijn arme boeren die hun voedingsgewassen ontwoekeren aan een barre rotsachtige helling. Ik ben hier met nog twee zusters. We verlenen al wat we aan levensonderhoud en medische zorg en troost te bieden hebben. Ik voel me in mijn werk door God gezegend. Het enige wat ik mis is een piano, en ik bid de Heer om vergeving voor deze zwakte. Maar tijdens de dorpsplechtigheden die ze hier 's avonds soms hebben, halen ze hun tamtams tevoorschijn en zingen, en dan zing ik mee.

Ik liet me de brief meerdere dagen achtereen door Langley voorlezen om al luisterend te acclimatiseren. De kinderen zijn ondervoed, schreef ze, en vaak ziek. We proberen een schooltje voor ze op te zetten. Niemand hier kan lezen. Ik vraag mijn God hoe het mogelijk is dat op sommige plaatsen de mensen straatarm en kommervol en ongeschoold zijn en toch van Jezus houden met een zuiverheid die uitstijgt boven alles wat New York vermag, een stad die nu zo ver weg is, die zo onnadenkend leeft, de enorme stad waar ik ben opgegroeid.

Het is beschamend om het te moeten bekennen, maar ik voelde me bedrogen door dit nieuws over wat Mary Elizabeth Riordan met haar leven had gedaan. Haar hartstocht gold anderen, talloze anderen, het was een huis aan huis verspreide hartstocht, een liefde voor alles en iedereen, niet voor mij alleen, zoals ik wilde. Had ze in al die jaren ooit aan mij gedacht? Ik deed qua behoeftigheid niet onder voor het noodlijdendste wrak in de Congo. En als het in New York zo'n goddeloze boel was, waar was een missiezuster dan beter op haar plaats?

De zuster had er een foto bij gedaan van zichzelf met een paar kleine kinderen voor kennelijk de kerk van het dorp. Het is niet veel meer dan een natuurstenen schuurtje met een kruis boven de ingang, zei Langley. En ze is veranderd.

Hoe veranderd?

Dit is een vrouw van rijpere leeftijd. Het komt misschien doordat ze een zonnehoed draagt. Je ziet alleen de haarlijn en het gezicht. Ze lijkt zwaarder dan ik me haar herinner.

Mooi, zei ik.

En dit is ook niet de brief van een meisje. Hier spreekt een volwassen vrouw. Hoe oud denk je dat ze is?

Wil ik niet horen, zei ik.

Toch wel in de vijftig, zou ik denken. Maar is het niet interessant dat iemand die ten prooi is aan zo'n monsterlijke godsdienstige waanvoorstelling – die gelooft dat ze het werk van de Heer doet – het werk doet dat de Heer zou doen als er een Heer bestond?

Ik kon niet zo beschouwelijk als Langley tegen het leven aankijken dat mijn lieve meisje had verkozen. Ik zal hier niet nader ingaan op de wellustige voorstellen die mijn verbeelding deed, het schelmse verleidingsspel dat ik 's nachts uitdacht, puttend uit mijn herinnering aan haar ranke gestalte, aan de zedige indicaties van hoe ze gevormd was in de eenvoudige jurken die ze droeg, aan de beroering van haar hand op mijn arm wanneer we naar de bioscoop wandelden waar ze me zei wat er op het doek te zien was. Op de lippen en ogen waar mijn vingertoppen tastend langs waren gegaan drukte ik nu kussen en van de schouder die langs de mijne streek wanneer we samen achter de piano zaten liet ik nu het bandje van haar onderjurk glijden. Dit ging zo enkele nachten door, zij met zwijgende verlegen instemming en ik zacht maar resoluut in hoe ik Mary haar genot leerde kennen en voor de verwekking van ons kind zorgde. Triest dat ik me hiermee moest behelpen tot al mijn nood in futiliteitsbesef was opgelost en het tastbare beeld van wie Mary Elizabeth Riordan was geweest uit mijn hoofd was verdwenen.

Ik weet niet wat Langley echt van haar brief vond. Hij verborg zich liever achter een filosofisch bon mot dan te laten blijken wat er bij hem nog aan liefde leefde voor het meisje. Mijn broer was er de man niet naar om zich met Quasimodo te vereenzelvigen. Maar het geval wilde dat de volgende fase in ons leven een voor ons beiden onkarakteristieke roekeloosheid in het sociaal verkeer te zien gaf waarin we ons huis openstelden voor het vreemde slag burgers dat nu in heel het land opstond. Als er een zeker element van verbittering zat in wat we deden, als we het andere uiterste van Mary Elizabeth Riordans vroomheid nastreefden, door haar in ons hoofd te onterven en ons al zoekend naar haar vervangster uit te leveren aan de helse realiteit, dan waren we ons dat niet bewust.

Dat we ineens weer midden in zo'n rotoorlog zaten, was natuurlijk genoeg om de eventuele laatste reserve die ik had weg te nemen. Was dit land dus toch niet zo uitzonderlijk? Naar de geest stond ik op dit punt in mijn leven Langleys filosofische vertwijfeling nader dan ooit.

WAT ER GEBEURDE was dat er een protestbijeenkomst tegen de oorlog werd gehouden op de grote weide in Central Park en dat wij vonden dat we er maar eens een kijkje moesten nemen. We hoorden het rumoer al ver voor we er waren, de klanken van de schorre luidsprekerstem die bonsde in mijn oor zonder dat de tekst te verstaan was, gevolgd door het gejuich, een platter en breder onversterkt geluid, alsof de spreker en zijn gehoor zich in verschillende domeinen bevonden: een bergtop en een dal misschien. Dan weer een regel of twee redevoerend gedruis en daarna weer het gejuich. Het was begin oktober van dat jaar. Het was een warme middag, met een najaarslicht dat ik op mijn gezicht voelde. Jij zult zeggen dat het de zonnewarmte was die ik voelde, maar het was het licht. Het lag op mijn oogleden, het was het gouden licht van het lage kwartaal waarmee het jaar afsterft.

We bleven aan de rand van de menigte staan en luisterden naar een folkgroep die vol ernst de vrede bezong met die gemaakte eenvoud die het genre eigen is. Het publiek viel in bij het refrein, en dat bleek het laatste onderdeel, er volgde nog een rondje gejuich tot besluit, waarna de mensen langs ons heen naar de uitgangen van het park trokken.

Maar niet iedereen, onder wie Langley, vond dat het lang genoeg geduurd had. We slenterden tussen de groepjes door die in het gras zaten, op tuinstoelen of op een deken, en tot mijn stomme verbazing hoorde ik mijn broer grapjes maken met vreemden. Ik voelde een zeldzame warmte van hart opkomen. Kijk ons, de gebroeders Collyer – afscheidelingen uit principe, einzelgängers – opgenomen in de menigte als ieder ander. En hoe het ging weet ik niet precies meer, maar enkele jongelui verwelkomden ons in hun midden, van het een kwam het ander, en weldra zaten we bij hen op de grote weide en namen een slok uit hun wijnfles en snoven de geurige, branderige lucht van hun marihuanasigaretten op.

Ik besefte later pas dat het onze kleding was, onze presentatie, waarin die kinderen zich herkenden. Ons haar was lang, Langley droeg het zijne in een paardenstaart op de rug en het mijne hing aan weerszijden van mijn hoofd tot op mijn schouders. En onze kleding was informeel op het haveloze af. We hadden onze oude soldatenkistjes en Levi's aan, en een werkhemd en trui met gaten onder afgedragen en op de elleboog versleten jasjes die Langley op een vlooienmarkt had opgescharreld, en uit deze dracht maakten onze nieuwe vrienden op dat wij geestverwanten waren.

Bij het invallen van de duisternis kwam de politie met haar surveillancewagens onder zacht gegrom van sirenes het gras op gereden, maande ons op te staan en zei iedereen zich te verwijderen. Onze nieuwe vrienden gingen er als vanzelf van uit dat ze met ons mee naar huis mochten komen, iets waarin wij niet eens met zoveel woorden bewilligden, want dat zou misplaatst zijn geweest. Het was alsof we – zonder hen te kennen of te weten welke naam bij wie hoorde – waren opgenomen in een ongedwongen, hoogontwikkelde gemeenschap, een maatschappelijke voorhoede, waarin de normale beleefdheidsvormen 'square' waren. Dat was een van hun woorden. 'Crashen' was er ook zo een, wat betekende, zoals me duidelijk zou worden, bij ons logeren. Het was een vorm van erkenning, kreeg ik de indruk, en Langley ook merkte ik, zoiets als een eretitel. En toen die kinderen – een vijftal dat zich van de grotere groep losmaakte en de stoep naar ons huis op liep, twee jongens en drie meisjes – zagen wat voor pakhuis vol vergaarde schatten het was, waren ze ten diepste bewogen. Ik luisterde naar hun stilte, die me devoot voorkwam. Ze stonden vol ontzag in het schemerlicht van de eetzaal tegenover ons Model T op zijn ingezakte banden en met de spinnenwebben van jaren eroverheen alsof hij ingekapseld was in een haarnet, en een van de meisjes, Lissy – degene met wie ik tot een verstandhouding zou komen – Lissy zei: Wauw! en ik sloot niet uit, toen ik te veel van hun slechte wijn ophad, dat mijn broer en ik nolens volens en ipso facto profeten van een nieuw tijdperk waren.

HET KOSTTE ME een dag of twee voor ik ze allemaal kon plaatsen. Ik noem ze wel kinderen, maar dat waren het natuurlijk niet echt. De gemiddelde leeftijd was achttien à negentien, en een van hen, JoJo, de dikke met de baard, was drieëntwintig, al gaf zijn leeftijd hem geen bevoorrechte status. Hij was in feite de kinderlijkste van het stel, een knaap met een voorliefde voor gekkigheid en sterke verhalen zo belachelijk dat het kennelijk niet de bedoeling was dat je ze geloofde. JoJo werd pas ernstig als hij ging zitten roken, want van marihuana raakte hij beschouwelijk gestemd. Het was een man van de verbroedering. Hij noemde iedereen, ongeacht leeftijd of kunne, 'jongen'. Als je zijn aanbod van een haal aan zijn sigaret afsloeg, was het alsof je hem dodelijk verwond had. Jongen toch, zei hij dan, want zijn verdriet was onuitsprekelijk, jongen toch... In tegenstelling tot Connor, de andere man, leek hij niet in een liefdesrelatie te staan tot een van de meisjes, misschien vanwege zijn gewicht. Ik had vroeger op school knapen als hij gekend; door hun omvang beperkten ze zich in het verkeer met de andere sekse tot kameraadschap. Maar het was uiteindelijk wel JoJo die werkte als een stuwadoor om Langleys kranten tot pakken te binden en die gebaalde, bouwsteenachtige pakken op aanwijzing van Langley tot een labyrintvormig stelsel van gangpaden te stapelen.

Connor, of Con, was iemand van weinig woorden en, voor zover ik kon nagaan, een lijk van een man met een lange nek en dikke brillenglazen. Hij droeg geen shirt maar een spijkerjasje over zijn onbehaarde tors. Hij tekende de hele tijd strips van mannen met overdreven grote voeten en vrouwen met dito borsten en billen. Volgens Langley waren het, op hun onthutsende manier, vrij goede strips. Een tikje surreëel, zei hij. De tekeningen leken het leven te bezingen als een wellustige droom. Ik vroeg Connor wat hij ermee beoogde. Kweenie, antwoordde hij. Hij had werkruimte voor zichzelf vrijgemaakt in een hoek van de muziekkamer en zat ijverig te tekenen achter een antieke schoollessenaar die mijn moeder voor me had gekocht toen ik nog te klein was om echt naar school te gaan.

Twee van de meisjes – Dawn en Sundown wilden ze heten – keken mee over Connors schouder, volkomen gebiologeerd door de obscene avonturen van zijn personages. Hij had zijn zwaargeboezemde vrouwen natuurlijk naar hen gemodelleerd. Op een dag hoorde ik van Langley dat Connor ons ook in zijn strips had verwerkt. Ja ja, de niets-ontziendheid waarmee de kunst de wereld en iedereen die haar bewoont verteert, zei hij. Hoe zien we eruit? zei ik. Wat laat hij ons doen? We zijn grijze oude geilaards met een klein hoofdje en puilende ogen en konijnentanden, en onze benen lopen naar de enkel toe breder uit en onze voeten steken in reusachtige schoenen, zei Langley. We dansen graag met onze wijsvingers in de lucht. We knijpen vrouwen in hun achterwerk en houden ze onder-steboven zodat hun jurk over hun hoofd valt. Wat een scherp inzicht, zei ik. Ik ga die strips kopen als hij ze af heeft, zei Langley. De musea zullen er in de toekomst goudgeld voor overhebben.

Volgens Langley waren Dawn en Sundown aardig maar intellectueel geen hoogvliegers. Ze droegen lange rokken met laarzen eronder en een jasje met franje, een haarband met kralen en armbanden. Ze waren langer dan Connor en konden wel zussen zijn, zij het dat ze hun haar anders verfden, de een blond, de ander kastanjebruin. Ik dacht eerst dat er een soort rivaliteit tussen hen bestond die ze zich niet verwaardigden te erkennen. Maar zo was het he-lemaal niet. Ze deelden hem, geheel in de geest van de tijd, en hij liet zich braaf delen en sliep om beurten met ze, zo-als men zich voorstelt dat zoiets gaat in een polygaam, da-gelijks praktiserend huishouden. Een en ander was duide-lijk hoorbaar te volgen wanneer ik me had teruggetrokken en boven in mijn bed lag terwijl zij ertegenaan gingen in de kamer in het souterrain die ze tot slaapplaats hadden gekozen.

Waar ze vandaan kwamen, wie hun familie was, heb ik nooit kunnen achterhalen, al heeft Lissy me verteld dat ze was opgegroeid in San Francisco. Ik vormde me een beeld van hen op grond van hun stem en hun voetstap – en misschien zelfs op grond van hun luchtverplaatsing. De slimste van het stel was Lissy. Doorgaans bedacht zij wat er kon worden gedaan met de dingen die ze al grasduinend in ons huis vond. Zij was het die uit de zitkamer de kleermakerspop opdiepte, waarna de drie meisjes een halve dag modeontwerpster waren en een paar oude avondjurken van onze moeder uit de kast op haar kamer haalden en vermaakten. Ik vond het best. Lissy was fijntjes gebouwd en had kort krulhaar; haar eigen kleed hing tot op haar enkels. Ze had het zelf gemaakt, zei ze met die lieflijke barst in haar stem, en geknoopverfd in gele en rode en roze patronen. Zie je iets voor je als ik de namen van kleuren noem? vroeg ze. Ik gaf haar de verzekering van wel.

Ze zouden al bij al een dikke maand bij ons logeren, deze hippies. Ze kwamen en gingen zonder herkenbare regelmaat. Ze bezochten het concert van een rockband en bleven twee dagen weg. Ze verdienden een paar dollar met ongeschoold werk, leefden daarvan tot het geld op was en zochten een volgend baantje. Maar gedurende één periode deed zich een astrologische invloed gelden waardoor ze 's ochtends allemaal naar hun werk gingen – Lissy in een boekhandel en Dawn en Sundown in de horeca, de

jongens in de telefonische acquisitie van een verzekerings-
maatschappij – en aan het eind van de middag thuiskwa-
men, 'square' als in het eerste het beste burgermanshuis-
houden. Deze specifieke stand van de sterren hield bijna
een week aan.

Uit de extra overnachtingen nu en dan van anderen zoals zij, onder wie het nieuws zich kennelijk had verbreid,
maakte ik op dat we in een net van jeugdherbergachtige
plaatsen of slaapadressen waren opgenomen waar men
zijn hoofd een nacht te ruste kon leggen. Ik wist wel zeker
dat wij het enige adres op Fifth Avenue waren, wat ons een
zeker cachet gaf.

Gezien hun manier van leven waren deze jongeren radi-
calere maatschappijcritici dan de antioorlogsdemonstranten of de burgerrechtenmensen die zoveel aandacht
kregen in de krant. Ze waren niet van plan iets aan de wereld te verbeteren. Ze wezen gewoon heel de maatschap-
pijcultuur af. Dat ze aanwezig waren geweest bij die protestbijeenkomst in het park was vanwege de muziek en
het genoeglijke samenzijn in het gras met wijn en joints.
Het waren vaganten die voor de armoede hadden gekozen en te jong en te onnadenkend waren om erbij stil te
staan hoe de maatschappij zich uiteindelijk op hen zou
wreken. Langley en ik hadden ze dat wel kunnen vertellen, maar ze zagen ons huis als een tempel van non-conformisme en hadden er hun intrek genomen, dus zelfs als
we gezegd hadden: Kijk naar ons, kijk wat er van jullie
worden kan, hadden ze niet gezien wat het probleem was.

We vonden de aanwezigheid van deze mensen eerlijk

gezegd ook te intrigerend en te vleiend om iets demoraliserends tegen ze te zeggen. Je zou gedacht hebben dat Langley horendol was geworden van het gemak waarmee ze deden of ze thuis waren. Ze namen rond etenstijd bezit van de keuken – Dawn en Sundown kookten pannen vol stoofgroente, want ze aten natuurlijk geen van allen vlees – en ze sliepen overal waar een beetje ruimte was. Het kwam voor dat alle wc's in huis tegelijk bezet waren, maar we vonden ze boeiend, we letten op hun taalgebruik als de ouders van een kind dat net leert praten en maakten elkaar attent op woorden of wendingen die nieuw voor ons waren. Een 'put-down' was een kat, een kleinerende of schampere opmerking. Niet te verwarren met het afmaken – ook 'to put down' – van een doodziek dier. Een 'turn-on' was een toestand van opwinding, een eigenaardig soort technische beeldspraak, vond ik, voor dit stel vegetarische vereerders van de aarde.

De dikke JoJo kwam op een dag van zijn omzwervingen terug met een elektrische gitaar en een luidspreker. Er dreunden onverhoeds de vreselijkste oorverdovende klanken door het huis. Ik was op dat moment gelukkig boven. JoJo sloeg een donderend akkoord aan en zong terwijl het wegstierf een regel uit een liedje en lachte, sloeg weer zo'n onvast akkoord aan en zong weer een regel en lachte. Ik raakte na verloop van tijd aan de gitaar van JoJo gewend; hij wist dat hij geen muzikant was, het was een spel dat hij speelde, een fantasie waar hij de draak mee stak op hetzelfde moment dat hij zich erin uitleefde. Op een dag mocht ik hem vasthouden, die gitaar. De snaren waren meer een soort kabels en zaten over een massief stuk hout in de vorm van zo'n auto met vinnen gespannen. Het zou niet bij me opgekomen zijn om dit een muziekinstrument te noemen. Het geluid deed me denken aan die variétéartiesten van vroeger die een zaag bespeelden door hem heen en weer te buigen en er een strijkstok langs te halen.

Een van JoJo's gemaltraiteerde liedjes liet me niet los. Het begon met 'Good morning, teaspoon'. Langley en ik spraken erover. Hij dacht dat het over de eenzaamheid van de ik ging, die zich met bittere spot tot de ontbijtboel richtte. Dat leek me niet. Ik zei dat de ik gewoon een geliefde aansprak, waarschijnlijk klein van gestalte, die 's ochtends samen met hem wakker werd, waarbij 'teaspoon' dus liefkozend bedoeld was.

IK WAS STILAAN tot een genegenheid voor de kleine Lissy gekomen. Ik bleek steeds als ze een paar dagen weg was naar haar terugkeer uit te zien. Ze was van hen allemaal de spraakzaamste en zeker de leukste, en het intrigeerde haar dat ik niet kon zien, terwijl de anderen alleen consideratie met me hadden. Op een ochtend troffen we elkaar in de keuken doordat ze tegen me aan botste, dit omdat ze besloten had om vanaf het moment van ontwaken haar ogen dicht te houden. Het valt eigenlijk wel mee, hè, zei ze. Ja, ik weet dat ik op ieder moment mijn ogen kan opendoen terwijl jij dat niet kunt, maar voorlopig zie jij meer dan ik, geloof ik. Ik zei dat mijn andere vermogens inderdaad mijn blindheid min of meer compenseerden. En gaandeweg dit gesprek drukte ik haar een glas sinaasappelsap in de hand, waarop haar adem stokte.

Door Lissy's experimenten met visueel onvermogen kwamen we nader tot elkaar. Terwijl ik mijn vingers langs haar gelaatstrekken liet glijden, voelde zij aan mijn gezicht, raakte mijn voorhoofd, neus, mijn mond aan met haar kleine handen. Wat was het innemend hoe ze haar ogen dichthield en haar hoofd afwendde op de wijze van iemand die in gedachten bij het beeld was dat haar handen schiepen. Stel dat mensen dit deden in plaats van zoenen, zei ik tegen haar. Alsof we een geïsoleerde eilandbevolking waren, gescheiden van de rest van de wereld. En daarop voelde ik haar lippen op de mijne. Ze moest op haar tenen staan om erbij te kunnen en ik pakte haar om haar middel en liet mijn handen omlaaggaan en voelde haar stevigheid onder de dunne onderjurk die ze aanhad.

Ik zal niet voorgeven dat ik op slag hartstochtelijk verliefd was op de jonge Lissy. Jawel, het was alsof mijn leeftijd van me afviel, maar ik bleef een gevoel houden iets te misdoen, alsof ik misbruik maakte, niet van de hartelijkheid van dit meisje, maar van de cultuur waaruit ze voortkwam, want ze was bepaald geen maagd meer, ze had duidelijk ervaring en kroop sans gêne over me heen, als een poes op zoek naar haar lig.

Wat zou ik de zaak mooier voorstellen dan zij was? Ik citeer een van onze dichters: 'Waarom niet gezegd hoe het gegaan is?' Als ik daal in de achting van wie dit ooit leest – Jacqueline, als jij het leest, zul je het begrijpen, dat weet ik

– maar als een ander zich stoort, wat deert mij dat? Ik ste-
ven toch op de alvervangende naamloosheid af.

HET ENIGE ELEMENT van spanning voor mij zat in de
vraag hoeveel gekwek ik van Lissy moest aanhoren op weg
naar het onontkoombare. Ze geloofde dat bomen bezin-
tuigd waren. Ze geloofde dat mensen het antwoord op
hun problemen konden vinden en zelfs een blik in de toekomst konden werpen door een Chinees wijsheidsboek te
raadplegen dat ze in haar rugzak bij zich had. Je gooide
een paar stokjes op de grond en aan hoe ze vielen kon je
zien welke bladzijde je moest opslaan. Maar als jij het boek
gewoon ergens openslaat, Homer, en met je vinger wijst,
komt het op hetzelfde neer, zei ze. Dus dat deed ik, en zij
las de passage voor die ik aanwees: Jezus, zei ze, het spijt
me, Homer, er zijn 'problemen in het verschiet'. Dat wist
ik zo ook wel, zei ik. En toen las ze me voor uit een roman
waarin een met Boeddha dwepende Duitser rondtrok op
zoek naar verlichting. Ik zei haar maar niet hoe komisch ik
dat vond. Lissy was zelf hoogstens in zoverre boeddhist
dat ze een romantische, smachtende bewondering had
voor wie het echt was. Bij haar ging het meer om een alge-
mene vatbaarheid voor alles wat uit het Oosten kwam.
Mij betoverde haar lieflijk gebarsten stem. De geluidspak-
ketjes waren haast zichtbaar zoals ze in colonne een voor
een haar stembanden passeerden, sommige van de uit-
schietende soort, andere wegduikelend in het altbereik.
    Ze was zo vrij voortaan mijn voeten te wassen voor ik
me terugtrok, volgens haar een aloude gewoonte bij de

woestijnvolken van het Nabije Oosten: joden, christenen en noem maar op. Ze wilde het doen, dus liet ik haar maar, al voelde ik me er opgelaten bij. Ik wist dat mijn voeten allesbehalve mijn pronkstukken waren, en omdat ik altijd moeite heb gehad met het knippen van mijn teennagels, een lastig en soms pijnlijk werkje, was het er minder vaak van gekomen dan had gemoeten. Maar deze Lissy leek het niet erg te vinden, ze had een stalen beslagkom van Oma Robileaux gevonden en deed er warm water in en doopte een handdoek in het water en legde die op mijn voeten en toen eronder, waarbij ze elke voet bij de hiel optilde en de zool waste, en ik moest toegeven dat het niet onplezierig was. Het was duidelijk meer een ceremoniële wassing dan iets van praktisch nut. De jongelui hielden er in hun eclectische voorkeur allerlei ceremoniën op na, de ceremonie van het roken, het drinken, het muziek luisteren, het vrijen. Hun leven ging van de ene ceremonie naar de andere, en als iemand die meedrijvend met de tijd geheel onmachtig was geweest om zich uit de loop ervan los te maken, was ik zeker bereid om deze kunst, waarmee zij geboren leken, van hen af te kijken.

Op een avond bleef ze na mijn voetwassing bij me op mijn kamer. En haar voorstel om samen te mediteren leidde tot onze vrijage. Er was in dit huis eigenlijk geen goede plaats om de lotushouding aan te nemen. Er was geen alkoof of er stonden hoge stapels. Mijn slaapkamer, en eigenlijk niet eens mijn slaapkamer, waarvan alleen nog smalle gangpaadjes resteerden tussen de onvermijdelijke pakken kranten en stapels boeken en het bric-à-brac, maar mijn bed, een tweepersoonsbed waarvan ik de on-schendbaarheid had weten te bewaren, was het enige vol-waardige platform om nergens aan te denken. Want dat hoorden we volgens Lissy te doen. Ik kan niet nergens aan denken, zei ik tegen haar. Ik kan hoogstens denken aan dat ik denk. Sst, Homer, zei ze. Sst. En toen ze mijn naam fluisterde, God sta me bij, stortte de liefde op mij neer als de hete tranen van een ziel die haar heil heeft gevonden.

Met haar handen recht omhoog, zodat ik haar jurkje over haar hoofd kon trekken, ontpopte dit dwarrelige vlindertje van een meisje zich. Haar smalle schouders, de tepels als zaadjes op haar magere borst. En de hoge taille en een peervormig klein achterste in mijn handpalmen. Lissy, die met haar kinderlijk vertrouwen in denkbeelden die haar mysterieus voorkwamen de wereld haar kleine geschenk presenteerde. Die mij voorging.

Toen ik haar naderhand in mijn armen hield, deed zich een moment van mentale verwarring voor, een wonder-lijk abuis van de tijd zelf, want ik verkeerde een ogenblik in de waan dat het zuster Mary Elizabeth Riordan was die ik vasthield.

IK WEET NIET waarom ik niet gewoon blij kon zijn met de zegen van dit prettig gestoorde schepsel, met de beleve-nis die zich in haar persoon zo ongezocht voordeed – en daarmee uit. Nee, ik moest mezelf kwellen door terug te denken aan dat ene moment in haar armen waarop ik me had verbeeld met mijn pianoleerlinge te hebben geslapen. Ik moest er met Langley over praten. Ik dacht dat ik mezelf gezuiverd had van ook het laatste restje van wat ik voor Mary Elizabeth Riordan voelde – ze had tenslotte de gewaarmerkte gedaante aangenomen van een non van vijftig. Dus had ik twee lieve zielen tegelijk in hun waarde aangetast, de ene door haar in de geest te schenden en de andere door haar daartoe te gebruiken. Ik vond het daarbij geen troost dat Lissy niet leek te vinden dat er iets van belang tussen ons was voorgevallen. Ze had, op haar leeftijd, de verkennende levenshouding die haar cultuur eigen was. Maar mij was het nu zwaar te moede, want ik had natuurlijk bovenal mezelf in mijn waarde aangetast. Ik wist dat Langley in de dagen van weleer ook verliefd was geweest op onze pianoleerlinge. Ik wilde weten hoe hij erover dacht. We hadden nooit over dit soort dingen gesproken. Ik wilde mijn gemoed luchten. Wist iemand wat liefde was? Kon de ongeconsummeerde liefde bestaan zonder zinnelijke fantasieën, kon zij voortduren als liefde zonder vervulling, zonder beloning? Het leed geen twijfel dat ik blij was geweest met Lissy's geschenk van haar lichaam. Maar wat beminde een mens dan anders dan het genus, in die zin dat het ene aanbiddelijke schepsel de plaats kon innemen van het andere?

Maar het leek nooit het juiste moment voor dit gesprek met mijn broer. Er was te veel drukte om ons heen. Naast de oorspronkelijke groep die we in het park hadden ontmoet liepen er, zoals gezegd, vrienden van hen, even dakloos, in en uit, en het gebeurde wel dat ik over iemand struikelde wiens aanwezigheid geheel nieuw voor me was. Of ik hoorde gelach of gepraat in de kamer naast mij en voelde mezelf te gast in andermans huis. Het verbaasde me dat deze mensen bij Langley welkom waren, want hij ontving ze met onkarakteristieke hartelijkheid, een die zij beantwoordden door als medebedieners van zijn Ambt iets van zijn dagelijkse leefwijze over te nemen. Zelfs de zwaar bebrilde striptekenaar, Connor, bracht graag wat mee van straat als hij dacht dat het iets voor Langley was. Ze leken zijn bezitsdrang te zien als levenshouding. Ik wist vrij zeker dat hij niet iets met een van de meisjes had. Hij leek zich tot deze mensen te verhouden als een dirigent tot zijn orkest; het hadden kinderzakkenrollers in Londen kunnen zijn onder hem als Fagin. Hij had al die jaren geen ander publiek gehad dan mij. Nu was hij door hen aanvaard als hun goeroe. Wat stonden ze te juichen toen hij de watermeteropnemer de kelder uit schopte!

Er klonk bij tijden een groot kabaal wanneer er iets met veel metalen onderdelen door de voordeur naar binnen moest. Langley had zelf de Bowery en omgeving ontdekt, waar tweedehandshorecabenodigdheden op de stoep stonden, en om van het gasbedrijf verlost te zijn, kocht hij een verplaatsbaar, tweepitspetroleumstel, zodat het kolossale oude achtpitsgasfornuis waarop Oma Robileaux had gekookt kon worden afgedankt. Langley riskeerde desnoods de verstikkingsdood om het gasbedrijf het nakijken te geven. En verder serviesgoed en schalen, kommen en keukengerei als spatels, dit om onze gasten te geven wat ze nodig hadden voor de bereiding van onze gemeenschappelijke maaltijden. En die elektrische gitaar van JoJo was de opmaat geweest tot verdere aanwinsten als luidsprekers, microfoons en opnameapparatuur, waarvan Langley tegen mij zei, wel wetend dat ik geen groot liefhebber was van het elektrische geluid, dat het zaken waren die we konden verhuren, nu het aantal aankomende muzikanten dat een elektrische gitaar wilde bespelen van dag tot dag exponentieel toenam, zoals hij opmaakte uit zijn lectuur van de amusementspagina's in de krant. De dagen van 'Swing and Sway with Sammy Kaye' zijn voorbij, zei hij. Net als die van Horace Heidt and His Musical Knights. De tijd is nu aan elektrisch versterkte muzikanten die optreden onder zijnsgeoriënteerde namen en een enorm publiek trekken van nog iets jongere mensen die zelf ook het podium op willen om met hun bekken te stoten en te schreeuwen en een stadion vol idioten hun oorverdovende gitaarklanken voor te spelen.

Zo kwam het er, als gezegd, niet van om Langleys aandacht een keer te vestigen op mijn diep ongelukkige bijdrage aan zijn Vervangingstheorie. Hij ging namelijk uit van de opeenvolging van de generaties, terwijl mijn idee de synchronie betrof. Als het de universele gedaante van Lief Meisje was waar het om ging, en als elk lief meisje alleen maar een individuele verschijningsvorm was van het universele, dan zou het ene evengoed kunnen voldoen als het andere en waren ze onderling verwisselbaar, naargelang de eisen van onze moreel tekortschietende natuur. En als dat zo was, hoe kon ik dan ooit iemand leren liefhebben voor het leven?

Lissy, herhaal ik, deerde mijn dubbelhartigheid volstrekt niet. Ze stelde geen vragen en was, afgezien van de noviteit van mijn visuele onvermogen, in het geheel niet nieuwsgierig naar mijn verleden. Nadat we nog een paar keer gevreeën hadden, werd me duidelijk dat mijn bed, een van de begeerlijker voorzieningen van ons huis, haar vooral belang inboezemde als slaapplaats. We bleven nog enige tijd mediteren of, zoals ik het zag, stil bij elkaar zitten, en toen ze op een dag van haar omzwervingen terugkwam met enkele homeopathische middelen, alvast voor het naderende griepseizoen, zei ze, en me de flesjes in mijn handen drukte, zoende ze me op de wang. We waren vrienden, en als ze met me geslapen had, ach, dat deden vrienden.

HET WERD OOK allengs kouder nu – was het al november? Ik weet het niet meer. Maar voor deze mensen was de winter onacceptabel. Al was het maar omdat ze er de conditie niet voor hadden, hun bestaan in de marge vereiste een mild klimaat met een gelijkmatige, onveranderlijke warmte waarin het zo min mogelijk inspanning vergde om te overleven. Ze deden hun voordeel met wat er nog aan dumpgoed lag – het veldjack dat Lissy had gevonden reikte tot haar knieën – zodat ik begreep dat ze eerdaags, als elke andere troep trekvogels, hun vleugels zouden uitslaan en verdwijnen.

Ik nam aan dat het in verband met hun aanstaande vertrek was dat ze een groot diner voor ons allemaal tegelijk aanrichtten. Om de een of andere reden stond de hal minder tjokvol dan de andere vertrekken, en dus diepten onze hippies onze kandelaren en kaarsenstandaards op en deden ze een greep in onze voorraad kaarsen, waarvan we er vele hadden in allerlei soorten, zoals waxine in bekerglazen die Langley in een winkel in de Lower East Side had gevonden, en deze werden zo op de grond gezet dat de suggestie van een eettafel ontstond, met uit heel het huis bijeengeraapte kussens eromheen om op te zitten, waarna Langley en mij werd verzocht plaats te nemen en we ons met enige moeite neerlieten in kleermakerszit, als pasja's, terwijl onze kostgangers het eten en de wijn aandroegen. Ze hadden er kennelijk met z'n allen aan gewerkt en ieder hun specialiteit bijgedragen: gesauteerde champignons, salades en kommen groentesoep, kaasfondue met geroosterde driehoekjes brood en gestoomde artisjokken en oesters en in bier gekookte schelpdieren – dat, nam ik aan, was JoJo's bijdrage – en harde kaas en rode tafelwijn, met gebak en marihuanasigaretten toe. Ze hadden alles zelf betaald en dit was hun manier om ons te bedanken en het was heel aandoenlijk. Langley en ik rookten voor het eerst en het laatst van ons leven een joint, en mijn herinnering aan de rest van de avond is een beetje wazig, behalve dat ik op de valreep leek te worden ontdekt door zowel Dawn als Sundown, die bij me kwamen zitten en me omhelsden en met wie ik heel wat aflachte, want terwijl ik hun omvangrijke boezem tegen mijn borst drukte, en mijn neus in hun hals, vonden we alles even geestig. Er werden toosts uitgebracht en er was als ik me niet vergis een minuut stilte voor de drie groten die de afgelopen tien jaar waren vermoord. Ik mag verder graag denken dat Lissy in de loop van de avond actie heeft ondernomen om mij weer voor zichzelf op te eisen, want zij was degene die me naderhand over de trap naar mijn kamer bracht – ik was volkomen stoned, ze waren van marihuana overgestapt op hasj, een wat werkzamer middel – en bij me kwam liggen op bed, waar ik een visioen had, een van zeilschepen die als geëtst op een tinnen dienblad afgebeeld stonden. Ik zei: Lissy, zie je die schepen? En toen ze daarop haar slaap tegen de mijne legde, zag ik de schepen als in goud gedreven voor me en zei zij: Wauw, wat zijn die mooi, wauw.

Deze momenten staan me glashelder voor de geest, hoezeer ik de mentale regie ook kwijt was. Ik heb sindsdien nooit meer zulke drugs gerookt of gebruikt, daarvoor heb ik mijn bewustzijn veel te hard nodig. Maar het valt niet te ontkennen dat het momenten van een griezelige helderheid waren. Ik ben vervolgens blijkbaar weggedommeld, want toen ik wakker werd, lag Lissy met haar arm om mij heen en was mijn hemd nat van haar tranen. Ik vroeg haar waarom ze huilde, maar in plaats van antwoord te geven schudde ze slechts haar hoofd. Kwam het doordat ik een oude man was en medelijden haar overweldigde? Was eindelijk de ruïneuze toestand hier in huis tot haar doorgedrongen? Ik kwam er niet achter en hield het op niet meer dan de emotionele overbelasting van een gedrogeerde geest. Ik omarmde haar en zo vielen we in slaap.

MAAR ER ZOUDEN voorafgaande aan de exodus nog een paar dagen verstrijken. Ik zat achter de piano – het was in de avond, ik geloof dat ik het elegische langzame deel van

Mozarts *Twintigste* speelde – toen zich andere geluiden opdrongen en zich geleidelijk deden kennen als geschreeuw dat uit alle delen van het huis kwam. Het licht scheen uitgevallen. Ik dacht eerst dat er een stop was doorgeslagen – want het behoorde tot Langleys heiligste langetermijnprojecten om de firma Consolidated Edison de baas te worden – maar de hele stad bleek zonder stroom te zitten, en het was alsof voorbeschaafde tijden waren teruggekeerd om ons de zin van de nacht aan te zeggen. Het vreemde was dat toen men naar buiten keek en begreep hoe wijdverbreid deze verduistering was, iedereen wilde gaan kijken; al onze logés probeerden rumoerend de weg naar buiten te vinden om zich te laten verbazen door de stad in het maanlicht. Ik sloot niet uit dat het doorslaan van deze gemeentestop misschien toch voor rekening kwam van Langleys geknutsel, en ik moest lachen. Langley! riep ik naar hem. Wat heb je nu weer gedaan!

Hij was boven op zijn kamer en had evenveel moeite als de anderen om bij de voordeur te komen. Het was de blinde broer die orde schiep en allen zei zich niet te verroeren maar te blijven waar ze waren tot ik hen kwam halen. Niemand zou een kaars hebben kunnen vinden; waar de kaarsen of waxinelichtjes gebleven waren wist geen mens meer, de kans er in de zwarte duisternis van het huis zelfs maar één te vinden was nihil, de kaarsen hadden zoals alles hun weg gevonden naar ons koninkrijk der overblijfselen.

Het huis was in deze tijd van ons leven een labyrint van verraderlijke gangpaden met tal van obstakels en menige keerweer geworden. Met voldoende licht vond een mens zijn weg wel door de zigzaggende corridors van gebundeld krantenpapier of bereikte hij zijn bestemming door zich zijdelings tussen bergen materiaal van allerlei aard te wringen – de ingewanden van piano's, motortjes met het elektriciteitssnoer eromheen gedraaid, dozen vol gereedschap, schilderijen, carrosserieonderdelen, banden, opgetaste stoelen, tafels op tafels, beddenwanden, vaten, omgevallen stapels boeken, antieke lampen, losse delen van het meubilair van onze ouders, opgerolde vloerkleden, bergen kleren, fietsen – maar het vergde nu de natuurlijke gaven van een blinde die kon voelen waar wat stond aan de lucht die het verplaatste, om van de ene kamer in de andere te komen zonder al doende het leven erbij in te schieten. Ik struikelde evengoed meermalen en kwam één keer ten val, waarbij ik mijn elleboog bezeerde. Intussen spoorde ik van boven naar beneden de inwonenden op door ze te vragen een voor een hun stem te verheffen en ze te zeggen zich bij me aan te sluiten als wagons achter een locomotief. En ik bleek me zowaar wel te vermaken als bedenker van dit mensentreintje dat door huize Collyer slingerde en waarin iedereen lachte of au riep als hij zijn knie stootte of struikelde. De trein werd zwaarder om voort te trekken naarmate er meer mensen aanhaakten, en we hadden duidelijk meer hippievrienden over de vloer dan ik bevroedde. Lissy was natuurlijk de eerste die ik had weten te vinden, en ik voelde haar handen in mijn zij en hoorde haar giechelen. Wat is dit cool! zei ze. Vervolgens vond ze dat we wel een rij congadansers leken, en hoe zij weet had van een rage die al uitgewoed was toen ze nog geboren moest worden – geen idee, maar daar ging ze. Ze probeerde mij en iedereen achter haar mee te krijgen in dat heupwiegende een-twee-drie, gevolgd – RANG! – door het opzijtrappende been, wat natuurlijk alleen maar tot meer chaos leidde toen de anderen haar hierin trachtten te volgen. Ik hoorde Langley helemaal aan het eind van de rij, en ook hij vermaakte zich, het was frappant de amechtige lach van mijn broer te horen, werkelijk frappant. Het was de duisternis die dit alles mogelijk maakte – hun duisternis, niet de mijne – en toen ik, aangekomen in de hal, de dwarsbalk verwijderde die tot nachtslot diende en de deur opende, vlogen ze allemaal langs me heen als vogels uit de kooi, en ik geloof dat ik de kus van Lissy op mijn wang bespeurde, al kan het ook die van Dawn of Sundown zijn geweest, en ik voelde de frisse avondlucht en bleef boven aan de stoep staan en snoof de aardgeur van het park op, met dunnetjes de metalige bijmenging van het maanlicht, en ik hoorde ze lachen toen ze de straat over vluchtten het park in, allemaal, ook mijn broer, al zou hij terugkomen, in tegenstelling tot de anderen, van wie ik het gelach zachter hoorde worden tussen de bomen, het laatste wat ik van hen vernam – ze waren weg.

NATUURLIJK MISTE IK ze, ik miste de waardering die ze voor ons hadden, als dat het woord is. Ik benijdde ze hun onveilige leven. Of hun zwerversbestaan een kwestie van jeugdige onnadenkendheid was of dat er een principieel zij het ongeëxpliciteerd non-conformisme achter zat, was moeilijk uit te maken. Het was ongetwijfeld een cultuurgolf die hen had opgetild, de oorlog in Vietnam verklaarde niet alles, en het zou kunnen dat ze ieder voor zich niet meer initiatief hadden genomen dan zich door die golf te laten meeslepen. Hoe dat ook zij, ik voelde me in dit nu zo vreselijk stille huis weer door mijn werkelijke leeftijd worden ingehaald. Met al die mensen om me heen was ik gaan begrijpen dat onze gebruikelijke afzondering uit nood geboren was. Toen ze weg waren en mijn broer en ik eens te meer met elkaar overbleven, leed mijn moreel. We werden weer ons bekommerde ik, en de buitenwereld hervatte de vijandelijkheden als na het terugroepen van haar ambassadeurs.

DE VEROORZAKER VAN de nieuwe problemen was het petroleumstel dat Langley in huis had gehaald. Het vatte vlam toen hij op een ochtend onze omeletten bakte. Ik zat aan de keukentafel en hoorde een klein explosietje, een plofje. Uiteraard hadden we in de loop der jaren ettelijke brandblussers van diverse soorten en merken vergaard, maar het exemplaar in de keuken haalde niet veel uit; de effectiviteit van die dingen zal mettertijd wel minder worden. Met beheerste aandrang in zijn stem deed Langley me rechtstreeks verslag van wat er gebeurde: dat het schuim uit de brandblusser net voldoende was om het petroleumstel tijdelijk zijn vlammen te ontnemen maar niet de walm. Ik rook het. Hij draaide er theedoeken om en gooide het geheel door de keukendeur naar buiten, de tuin in.

Daarmee leek de zaak opgelost. Aan het zachtjes dicht-trekken van de keukendeur merkte ik dat mijn broer zich opgelaten voelde, en ik zweeg toen we ons aan een koud ontbijt zetten.

Niet meer dan een uur later hoorde ik sirenes. Ik zat achter de Aeolian en dacht er verder niet bij na; je hoorde in deze stad dag en nacht brandweerwagens en ambulan-ces. Ik vond de tonen van de sirene op de piano – een a die via een bes weer een a werd – maar vervolgens kwam het geluid dichterbij en nam zo te horen pal voor ons huis af tot een zacht gegrom. Gebonk op de deur, geschreeuw van: Waar moeten we zijn, waar moeten we zijn? waarna een troep brandweerlieden naar binnen klauterde, mij opzijduwde en vloekend de keuken probeerde te vinden, met een eind slang achter zich aan waarover ik struikelde, terwijl Langley schreeuwde: Wat moeten jullie in dit huis, eruit eruit! Men was gewaarschuwd door de mensen in het naburige herenhuis, waarvan de achtertuin aan de onze grensde. In al die jaren hadden we deze buren nooit ontmoet, geen woord met hen gewisseld, we kenden ze niet anders dan als de vermoedelijke verantwoordelijken voor de anonieme klacht in onze brievenbus over ons thé dansant van zoveel jaar terug. En nu hadden ze gebeld dat onze achtertuin in brand stond, waar ze feitelijk geen ongelijk in hadden. Waar bemoeien die lui zich toch al-tijd mee? mopperde Langley terwijl de slang, inmiddels aangesloten op de brandkraan die aan de stoeprand voor het huis stond, door het labyrint van gebundelde kran-ten bonsde, links en rechts tegen klapstoelen en kaarttafeltjes knalde en staande schemerlampen en stapels schildersdoeken omvermaaide toen de brandweermannen hun straalpijp door de achterdeur op de rokende stapels timmerhout richtten, de oude banden en losse meubelstukken, een ladekast zonder poten, een bedspiraal, twee rustieke tuinstoelen en andere voorwerpen die daar opgeslagen waren in de verwachting dat ze nog eens van pas zouden komen.

Langley hield naderhand vol dat het ingrijpen van de brandweer zwaar overdreven was, ofschoon de brandlucht nog weken bleef hangen. Een inspecteur die naar de rokende resten kwam kijken, zei dat we zouden worden geverbaliseerd en hoogstwaarschijnlijk beboet wegens de illegale opslag van brandbare materialen in een woonwijk. Langley zei dat wij in dat geval de brandweer zouden aanklagen wegens het vernielen van huisraad. Er staan overal modderige voetstappen van uw mensen op onze vloer, zei hij, de achterdeur naar de keuken is uit zijn scharnieren getild, ze zijn hier als vandalen doorheen gestormd, getuige die kapotte vazen, deze schemerlampen hier, en moet u die kostbare boeken zien: doorweekt en twee keer zo dik als gevolg van de lekken in hun slang.

Tja, meneer... Collyer, is het niet? Dat lijkt me een geringe prijs voor het feit dat u überhaupt nog een dak boven uw hoofd hebt.

Deze inspecteur, naar mijn indruk een intelligent man van een zekere leeftijd – ondanks dat 'überhaupt', dat destijds een modewoord was – had al rondkijkend in onze kamers zijn ogen goed de kost gegeven, en hoewel hij er niets van zei, gaf hij kennelijk door wat hij had waargenomen, want ongeveer een week later kregen we een aangetekend schrijven van de gemeentelijke gezondheidsdienst met het verzoek om een afspraak voor de beoordeling van de inwendige staat van het pand... volgde het adres van ons huis.

We negeerden dit schrijven natuurlijk, maar een gevoel van vrijheidsbeperking drong zich onontkoombaar op. Daar was niet meer voor nodig dan dat mensen in een officiële hoedanigheid iets met ons voorhadden. Het was in deze tijd, geloof ik, dat Langley bij een universiteit in de provincie waar je schriftelijk rechten kon studeren de complete boekenlijst bestelde die daarvoor nodig was. Tegen de tijd dat de boeken werden bezorgd – in een kist – lagen we niet alleen onder vuur van de gezondheidsdienst maar ook van een incassobureau dat namens de telefoonmaatschappij van New York optrad en van de juristen van Consolidated Edison wegens de schade aan hun eigendom – ik neem aan dat ze de meter in de kelder bedoelden, een irritant zoemend geval dat wij met een hamer tot zwijgen hadden gebracht – en van de Dime Savings Bank, die onze hypotheek had overgenomen en met gedwongen verkoop dreigde als we onze verplichtingen niet nakwamen; de begraafplaats Woodlawn had ons op de korrel omdat we vergeten waren de rekeningen te betalen voor het onderhoud van het graf van onze ouders. Dat was nog niet alles; er plofte zoveel door de brievenbus in de voordeur dat me niet meer heugt waar het allemaal over ging. Om de een of andere reden trok vooral de rekening van de begraafplaats de aandacht van mijn broer. Homer, zei hij, kun jij je minner volk voorstellen dan deze lijkenpikkers die zover gaan dat ze goed geld in rekening brengen voor het bijknippen van een paar grassprieten rond een zerk? Wie maalt erom hoe een graf eruitziet? De inliggenden in elk geval niet. Wat een oplichterij, het is volkomen respectloos, deze beroepsmatige omgang met de doden. Laat die hele begraafplaats lekker verwilderen, zou ik zeggen. Terug naar hoe de boel was in de tijd van de Manhattan-indianen, laat er een necropool ontstaan van scheve zerken en gevallen engelen die half verscholen in het Noord-Amerikaanse woud liggen. Dat is in mijn ogen werkelijk respect voor de doden, dat is een vorm van wijding door schoonheid waarmee je de cyclus van leven en dood in heel zijn vreselijkheid erkent.

HET LEEK ME een idee om, bij wijze van eerste stap naar een oplossing, onze problemen te rangschikken, en de hypotheek stond mijn inziens boven aan de agenda. Het kostte heel wat moeite om Langley ertoe te bewegen zich over onze boekhouding te buigen. Volgens hem leidde aandacht voor zulke zaken tot een knechtenmentaliteit. Maar uit wat hij voorlas uit de boeken werd me duidelijk dat we over voldoende middelen beschikten om die hypotheek in één klap af te lossen. Laten we dat doen, dan zijn we van die lui af, zei ik, en hoeven we ons daarover nooit zorgen meer te maken.

Als we die stomme hypotheek aflossen, zijn we ook de aftrekpost voor de inkomstenbelasting kwijt, zei Langley.

Maar over de termijnen die we achter zijn kunnen we toch geen rente aftrekken, zei ik. En wat we aan boetes krijgen, doet de aftrek teniet. Trouwens, wat praten we over aftrekposten als we niet eens belasting betalen?

Het antwoord dat hij daarop had, betrof de oorlog maar beperkte zich daartoe niet, en ik betwijfel of ik het precies kan navertellen. Iets met primitieve samenlevingen die voortreffelijk functioneren zonder geld, gevolgd door een verhandeling over institutionele woeker, waarna hij in gezang uitbarstte: 'Oh the banks are made of marble/ With a guard at every door/ And the vaults are stuffed with silver/ That the miner sweated for.' Langleys toondove schorre bariton was een orgaan dat volume niet kon worden ontzegd. Ik lachte niet en begon evenmin over de genetische grillen van het leven waardoor alle muzikaliteit onverdeeld bij één broer was beland, te weten bij mij. Ik vroeg me wel hardop af waar die mijnwerkers ineens vandaan kwamen. Homer, zei hij, ik herinner je aan de afleiding van onze achternaam. Waren onze voorouders van vaderskant geen delvers in de ingewanden van de aarde? Waren het geen mijnwerkers? Is een *collyer* of *collier* geen koolarbeider?

Zo kregen we het over andere beroepsnamen – Baker, Cooper, Farmer, Miller – en filosofeerden over het historisch wel en wee dat uit zulke namen sprak, waarmee ons financieel overleg ten einde was.

Langley bleek het wel met me eens en loste uiteindelijk de hypotheek af, maar tegen die tijd waren wij in heel de stad beroemd en werd hij onderweg naar de bank nagelopen door dagbladjournalisten en een fotograaf van het *Daily News*, die een Pulitzerprijs zou winnen met zijn portretfoto van Langley waarop deze over Fifth Avenue sloft met een platte strohoed op, een voddige overjas aan tot zijn enkels, een sjaal die hij van een jutezak had gemaakt en pantoffels.

LAAT IK TER verdediging van mijn broer aanvoeren dat hij veel aan zijn hoofd had. Het was een tijd waarin de mens zich van zijn afschuwelijkste kant liet zien, zoals bij de bomaanslag op een baptistische kerk in het zuiden van het land waarbij vier zwarte zondagsschoolmeisjes om het leven kwamen. Hij was volkomen van de kaart door dit nieuws; er waren namelijk momenten waarop er barsten in zijn cynisme vielen en het hart zichtbaar werd. Maar de monsterlijkheid van het gebeurde bracht nog weer een categorie richtinggevende gebeurtenissen aan het licht voor in zijn krant die alle andere overbodig zou maken: de moord op onschuldigen, niet alleen in het geval van die meisjes maar ook, in diezelfde afschuwelijke tijd, in dat van het neerschieten van studenten en het doden van jongemannen die mensen opriepen te gaan stemmen. Daarnaast moest hij natuurlijk een dossier aanleggen voor politieke moordaanslagen – daarvan hadden we er al drie of vier – en misschien een voor de massadetentie van honderden betogers in de openlucht in Washington. Hij kwam er niet uit of die gebeurtenis moest worden ondergebracht in de categorie knuppelgraag politieoptreden tegen antioorlogsdemonstranten zoals dat ook uit andere steden bekend was, of dat het om iets anders ging.

Langleys droomkrant kon geen kwestie van louter verslaggeving zijn, want die ene editie voor altijd vereiste een overzicht in nauwgezette categorieën van wat we er als soort aan gewoonten op na houden. Het was dus een omvangrijk organisatorisch probleem voor hem om uit al die jaargangen van dagbladen de markante gebeurtenissen en soorten activiteit te lichten die tijdloos zijn.

Hij zou in de navolgende jaren op de proef worden gesteld; hij vertelde me op een dag over de massazelfmoord van negenhonderd mensen in een klein Zuid-Amerikaans land waar ik nog nooit van gehoord had. Het waren Amerikanen die daarheen waren gevlucht om er in rijen huisjes te gaan wonen die hun leider aan hen had voorgespiegeld als idealistisch communistisch paradijs. Ze hadden hun zelfmoord gerepeteerd met het drinken van een onschuldig rood goedje in plaats van gif, maar toen het uur aanbrak waarop ze volgens hun leider de repressie van buitenaf niet meer konden dulden, aarzelden ze niet om echt vergif in te nemen. Alle negenhonderd. Ik vroeg Langley: Waar breng je dit geval onder? Hij zei dat zijn eerste gedachte was geweest om het in te passen onder Mode, zoals wanneer ineens iedereen een nieuwe kleur draagt. Of wanneer plotseling een slangwoord op ieders lippen is. Maar uiteindelijk, zei hij, heb ik het in een map 'Onbeslist' gestopt, met voorpaginanieuws dat enig is in zijn soort. Daar blijft het tot er nog eens zo'n geval van krankzinnig lemmingengedrag opduikt. Waar we volgens mij op kunnen wachten, zei hij erachteraan.

Presidentieel ambtsmisbruik was in deze jaren ook een tabblad in zijn provisorische map. Tot nog een president de grondwet ondermijnde die hij gezworen had te zullen handhaven, kon het niet als richtinggevend worden beschouwd. Maar ik heb de tijd, zei hij.

OP EEN DAG kwam mijn broer binnen met zijn ochtendkranten en liep zonder een woord naar de vensters en trok de luiken naar elkaar toe en sloot ze. Ik hoorde de luiken knallen als zware deuren die dichtvielen en zag het patina van lichtere duisternis voor mijn ogen wijken. De lucht in huis koelde af. Er kwam een vreemd verstikt geluid uit de keel van mijn broer, waarvan ik me slechts langzaam realiseerde dat het betekende dat hij het te kwaad had.

Met een vreselijk gevoel, een beklemming om het hart, stond ik op van mijn pianobankje. Wat is er? zei ik.

Hij las voor: In een afgelegen Midden-Amerikaans dorp waren in een ondiep graf de lijken van vier Amerikaanse nonnen gevonden. Ze waren verkracht en doodgeschoten. Hun namen waren nog niet vrijgegeven.

Ik weigerde te geloven wat ik wist. Ik stelde dat we, zonder namen, geen zekerheid hadden dat Mary Elizabeth Riordan een van de nonnen was.

Langley liep naar boven en zocht en vond het blikken doosje waarin we haar brieven bewaarden. Ze had ons van tijd tot tijd geschreven uit de uithoeken van de aarde waar haar orde haar heen stuurde; ze was van het ene Afrikaanse land naar het andere gegaan en toen naar Zuid-Aziatische landen en uiteindelijk naar dorpen in

Midden-Amerika. De brieven waren altijd eender, waar ze ook zat, alsof ze bezig was met een wereldtournee langs armoede en verderf. Beste vrienden, had ze in haar laatste brief geschreven, ik ben hier in dit door burgeroorlog verscheurde kleine land dat gebrek lijdt aan alles. Vorige week nog zijn er soldaten door het dorp getrokken die verscheidene mannen in wie ze opstandelingen zagen hebben meegenomen en gedood. Het waren gewoon arme boeren die hun gezin te eten probeerden te geven. Er zijn nu alleen nog oude mannen, vrouwen en kinderen. Ze gillen in hun slaap. Ik ben hier met nog drie zusters. We verlenen al wat we aan troost te bieden hebben.

De brief, een paar maanden oud, was afkomstig uit het dorp dat in de krant werd genoemd.

IK BEN GEEN religieus man. Ik bad om vergeving voor mijn jaloezie op haar roeping, voor mijn verlangen naar haar, voor wat ik haar in mijn dromen had ontroofd. Maar als ik eerlijk ben, moet ik toegeven dat ik zo verslagen was door het verschrikkelijke lot van de zuster dat ik het niet goed kon relateren aan mijn pianoleerlinge Mary Elizabeth Riordan. Nu nog staat me haar schone geur bij terwijl we samen op het pianobankje zitten. Die kan ik naar believen oproepen. Terwijl avond aan avond de filmbeelden voorbijrollen, spreekt ze zachtjes in mijn oor. Nu een komische achtervolging waarbij mensen uit een auto hangen... nu komt de held te paard aangalopperen... nu laten de brandweerlieden zich langs een paal zakken... en nu (ik voel haar hand op mijn schouder) omhelzen de gelieven elkaar, ze kijken elkaar in de ogen, en op het kaartje staat... 'Ik hou van je'.

NA ENKELE DAGEN stilte in huis zei ik tegen Langley: Dit is martelaarschap, dit is nou martelaarschap.

Hoezo, zei Langley, omdat het nonnen waren? Martelaarschap is een religieuze notie. Want als het dat niet was, waarom zeg je dan niet dat die vier zondagsschoolmeisjes in Birmingham martelaren zijn?

Ik dacht erover na. Het leek me niet uitgesloten dat de zuster haar misbruiker vergeving had geschonken en zijn gezicht met twee vingers had aangeraakt toen hij zijn vuurwapen naar haar slaap bracht.

Er is toch een verschil, zei ik. Het waren hun geloofsovertuigingen waardoor die nonnen zich aan gevaar hebben blootgesteld. Ze wisten dat er een burgeroorlog gaande was, dat er gewapende woestelingen rondzwierven.

Idioot! schreeuwde Langley. Wie denk je dat ze bewapend heeft! Het zijn onze woestelingen!

Maar ik weet inmiddels niet meer zo zeker wanneer dit allemaal gebeurd is. Hetzij mijn geest keert zich meer en meer in zichzelf en elideert zijn herinneringen, of ik heb eindelijk de profetie van Langleys tijdloze dagblad begrepen.

ONZE LUIKEN ZOUDEN nooit meer opengaan. Langley regelde met de kiosk waar hij zijn kranten kocht dat ze voortaan aan huis werden bezorgd. De eerste editie van de ochtendbladen kwam doorgaans rond elven 's avonds.

De avondbladen lagen uiterlijk om drie uur 's middags bij de voordeur. Voor zover Langley nog buitenkwam, was het altijd 's avonds of 's nachts. Hij deed onze boodschappen bij een nieuwe kleine kruidenier een paar straten verderop die brood van de vorige dag verkocht. Hij frequenteerde speciaal dit zaakje (en kocht er meer dan we eigenlijk nodig hadden), omdat een gratis stadsblad, dat goede sier maakte met recepties op ambassades en met modeshows en vraaggesprekken met binnenhuisarchitecten, meldde dat de eigenaar een latino was. Goeie hemel, riep Langley, rennen voor je leven – nu zijn ze hier ook al!

Het hoorde in feite gewoon bij de veranderende stad – bij het langzame, haast onwaarneembare kabbelen van een tij uit het noorden – maar zoiets als dat kruidenierszaakje of een paar negergezichten op straat was voor onze buren al aanleiding om naar hun hoofd te grijpen. En natuurlijk – kon niet missen – werden mijn broer en ik gezien als Eerste Oorzaak: het waren de aartsbooswichten Collyer door wie deze ramp was uitgebroed. De vijandigheid die er jegens ons leefde sinds de brand in de achtertuin – of nee, die al groeiende was sinds de tijd van ons thé dansant – was nu tot volle wasdom gekomen.

We ontvingen met een zekere regelmaat onondertekende hatelijke brieven. Ik herinner me een dag waarop de enveloppen door de gleuf gleden en op de grond vielen op een manier die me deed denken aan vissen die uit een net ploften. We werden bedreigd, we werden uitgescholden, en op een keer zat in een envelop die we openden bij wijze van boodschap een dode kakkerlak. Was dat een kleine hiëroglief die in de visie van de correspondent ons twee uitbeeldde? Of betekende het dat wij verantwoordelijk werden geacht voor het verpesten van de buurt met ongedierte? Het klopt dat wij kakkerlakken hadden, al zolang ik me kon herinneren. Ik zat er niet mee; als ik iets over mijn enkel voelde kruipen, veegde ik het weg als een vlieg of een mug. Langley had respect voor wat kakkerlakken aan intelligentie of zelfs persoonlijkheid vertoonden, met hun sluwe ongrijpbaarheid en hun moed, zoals ze vanaf het aanrecht de sprong in het onbekende waagden wanneer ze werden aangevallen. En ze konden met een sis of een piep hun ongenoegen kenbaar maken. We hadden niettemin wel vallen voor ze staan, en het sloeg natuurlijk nergens op om ons de schuld te geven van ongedierte in andermans huis. De mensen in deze buurt vonden het pijnlijk om te erkennen dat hun voorname pand ervan vergeven was. Kakkerlakken waren evenwel al ingezetenen van deze stad sinds de tijd van Peter Stuyvesant.

Langley had zijn kranten apart gelegd – stapelde de dagbladen op om ze later te lezen – omdat hij het nu druk had met zijn rechtenstudie aan de schriftelijke universiteit. Dat was niet maar een exercitie in het luchtledige. Hij trachtte niet alleen de nutsbedrijven en andere schuldeisers buiten de deur te houden, maar ook de gezondheidsdienst en de brandweer, die beide toegang tot ons huis eisten om er zaken te zoeken om zich over op te winden. Hij had een plaatselijke verordening opgedoken waarmee hij het ze lastig kon maken als ze naar de rechter dreigden te stappen. Hij was verder naar een bureau voor rechtshulp gegaan en had er een jurist gevonden die kosteloos en op aanwijzing van Langley allerlei juridische stappen zou nemen om struikelblokken op te werpen als en wanneer de zaak in een volgende fase kwam, waar we van uitgingen. We zouden ons op het generale standpunt stellen dat een vluchtige inspectie van gemeentewege na de brand in de achtertuin – waarmee al deze stampij begonnen was – nooit voldoende grond kon hebben opgeleverd om de constitutionele onaantastbaarheid van iemands woning te schenden.

Het ontging me niet hoe Langley zich in dit alles verkneukelde, en ik was blij dat hij voor de verandering met een praktisch project bezig was. Het gaf zijn leven een hier-en-nu-aspect, een directheid, en de belofte van een afloop, een goede dan wel een slechte, die aan zijn altijddurende, nooit te verwezenlijken platonische krant ontbraken. Mijn enige bijdrage bestond in het gehoor dat ik hem verleende als hij weer eens een voorbeeld van juridisch redeneren had gevonden dat volgens hem afkomstig was uit een krankzinnigengesticht.

Wat er zeker geen goed aan deed – aan onze relatie met de buren en onze confrontatie met de stedelijke bureaucratie – was dat heel New York in deze tijd met de verloedering van het publiek domein kampte: haperende gemeentelijke dienstverlening, vuilnis dat niet werd opgehaald, ondergekliederde metrostellen, een toename in de geweldsmisdrijven, een straatbeeld vol verslaafden. Ik begreep daarnaast dat onze sporters laag geklasseerd stonden in de profcompetities.

Onder deze omstandigheden leken onze gesloten luiken en de dwarsbalk achter de voordeur zo gek niet. Mijn
leven speelde zich nu geheel binnenshuis af.

HET WAS ROND deze tijd dat ik merkte dat mijn gekoesterde Aeolian een halve toon gezakt was in het middenregister. Met de baskant en de discant leek niets mis, wat me
vreemd voorkwam, dat de piano naar eigen goeddunken
ontstemd was geraakt. Ik dacht: allicht, sinds de luiken
dicht zijn, is het duidelijk muffer geworden in huis, en gelet op wat er allemaal stond te verstoffen in alle kamers,
waarin alles wat een mens zich kon voorstellen bijna tot
het plafond opgetast lag en pakken kranten onze doolhof
van gangpaden tot wanden dienden, was het geen wonder
dat een gevoelig instrument de gevolgen ondervond. Met
regenachtig weer was de klamheid onmiskenbaar, en de
schimmellucht uit de kelder leek door de vloer omhoog te
komen.

Er waren natuurlijk nog meer piano's, of althans hun
binnenwerk. Sommige waren bepaald vals op de gebruikelijke wijze, zoals ik ook wel wilde geloven, maar ik
schrok toen ik de pianola aanzette, die altijd onder een
stuk plastic had gestaan, en ook daarvan het middenregister in mijn oren niet zuiver klonk. Vervolgens tastte ik net
zo lang rond tot ik het draagbare elektrische pianootje
vond, een computer eigenlijk, die met andere instellingen
ook een fluit of een viool of een accordeon en dergelijke
kon zijn en waar Langley onlangs mee was thuisgekomen.
Ik herinner me nog mijn dankbaarheid dat het ding zon-

der probleem op een tafel paste. Want Langleys eerste computer had het formaat van een koelkast, een bakbeest met elektronenbuizen dat hij alleen had kunnen kopen – voor een schijntje, zei hij – omdat het een verouderd model was. Hij had nooit kunnen uitproberen of het deed wat computers hoorden te doen – iets met berekeningen, zei hij, en toen ik vroeg: berekeningen waarvan, zei hij: van wat je maar wilt – want toen hij eenmaal had bedacht wat hij ermee wou, zaten we zonder stroom. Dus ik begreep niet hoe dit computertje, dat eruitzag als een klavier en op batterijen werkte, de berekeningen maakte die het moest maken om muziek te produceren – maar het deed het. En toen ik het aanzette en een toonladder speelde, bleek dit instrument, dat helemaal geen snaren had die ontstemd konden raken, even vals in het middenregister als mijn Aeolian.

Op dat moment begreep ik dat het niet de piano's waren maar mijn gehoor dat van slag was. Ik hoorde een c als een cis. Daar begon het mee. Ik haalde mijn schouders op en vond dat ik ermee moest kunnen leven. De stukken op mijn repertoire hoorde ik dankzij mijn geheugen alsof er niets aan de hand was. Maar het zou niet lang duren of niet de toonhoogte was het probleem, de valsheid van het geluid, maar het geluid tout court. Ik weigerde te geloven dat het misging en wist tegelijkertijd dat het dat deed, langzaam maar zeker. In een bestek van maanden werd decibel voor decibel de wereld dof en verloor ik volledig mijn trotse gehoor, waarmee ik dus slechter af was dan Beethoven, die tenminste nog kon zien.

Als het zich van het ene moment op het andere had voorgedaan, dit verlies van het laatste zintuig dat mij met de wereld verbond, zou ik het hebben uitgeschreeuwd van radeloosheid en zo snel mogelijk iets hebben bedacht om er een einde te maken. Maar het is me geleidelijk overkomen, waardoor ik opeenvolgende stadia van aanvaarding doorliep en kon hopen dat elk stadium van verlies het laatste zou zijn, tot ik in de wassende stilte van mijn wanhoop besloot mijn lot te aanvaarden, gedreven door een vreemde nieuwsgierigheid naar hoe het leven zou zijn als mijn gehoor helemaal weg was en ik, zonder beeld of geluid, alleen nog mijn eigen bewustzijn had om me bezig te houden.

Ik vertelde Langley er niets over. Waarom weet ik niet. Ik heb misschien gedacht dat hij zijn medische bemoeienissen prompt tot oren zou uitstrekken. We waren inmiddels zover dat hij tot herstel van mijn gezichtsvermogen elke ochtend als ontbijt zeven gepelde sinaasappelen had voorschreven en bij het middageten twee kwartliterglazen sinaasappelsap en bij het diner een sinaasappellikeurtje in plaats van het glas Almaden dat ik liever had gehad. Als ik hem had gezegd dat er iets met mijn gehoor was, zou hij daar vast een langleyaanse natuurgeneeswijze voor hebben bedacht. Gegeven de omstandigheden deed ik er het zwijgen toe en vond afleiding in de problemen die we hadden met de buitenwereld.

IK WEET NIET goed wanneer onze strijd met de gezondheidsdienst en de brandweer, de bank, de nutsbedrijven en wie er verder nog een vorm van genoegdoening eisten, de aandacht van de pers trok. Mijn herinneringen kunnen geen aanspraak maken op precisie nu ik het verhaal probeer te doen van de laatste paar jaar van ons leven in dit huis. De tijd doet zich aan me voor als een waaien, een verstuiven van zand. En mijn geest stuift mee. Ik erodeer. Het ontbreekt me voor mijn gevoel aan de tijd om mezelf de juiste datum af te dwingen, het juiste woord. Ik kan hoogstens de dingen noteren zoals ze zich aandienen en er maar het beste van hopen. Wat wel jammer is, want al volhardend in dit werk ben ik gaan hechten aan nauwkeurigheid in het beschrijven van ons leven, aan dit verbale substituut van zien en horen.

De eerste verslaggever die bij ons aanbelde – een waarlijk stompzinnig jongmens dat verwachtte te mogen binnenkomen en toen we dat niet goedvonden, beledigende vragen bleef staan stellen en daar zelfs schreeuwend mee doorging toen we de deur hadden dichtgegooid – deed me inzien dat het een klasse van stuitend feilbare mensen was die zich dagelijks aan ons voordeed onder de gedaante van onfeilbaar drukwerk, die het historische overzicht samenstelde dat als balen katoen in ons huis stond. Als je met die lui praat, ben je aan hun genade overgeleverd, en als je niet met ze praat, ben je ook aan hun genade overgeleverd. Langley zei tegen me: We hebben nieuwswaarde, Homer. Moet je dit horen, en hij las het zogenaamd feitelijke relaas voor over de rare excentrieken met luiken voor de ramen en een dwarsbalk achter de voordeur en duizenden dollars incassoschulden hoewel ze miljonair waren.

Onze leeftijd stond er verkeerd in. Langley heette Larry en een naamloze buurman geloofde dat wij vrouwen in huis hadden tegen hun wil. Dat ons huis de buurt omlaaghaalde, stond buiten kijf. Zelfs het verlaten valkennest onder de daklijst werd ons aangerekend.

Ik zei tegen mijn broer: Hoe breng je dit in Collyers eeuwig actuele dagblad?

Wij zijn sui generis, Homer, zei hij. Tenzij er iemand opduikt met een even zeldzaam vooruitziende blik als de onze, zal ik over ons bestaan moeten zwijgen.

WE STONDEN NIET continu in de belangstelling van de journalisten, maar ze namen ons mee op hun ronde, zogezegd, als niet-aflatende bron van verbazing voor het lezerspubliek. We konden er wel om lachen, in het begin althans, maar het werd mettertijd minder grappig en nam steeds ernstiger vormen aan. Enkele van die verslaggevers publiceerden de bijzonderheden van het leven van onze ouders: wanneer ze het huis gekocht hadden en wat ze ervoor hadden betaald, allemaal publieke informatie voor wie niets beters te doen had dan naar het kadaster te gaan en er in de archieven te spitten. En met behulp van oude volkstellingen en passagierslijsten ontdekten ze wanneer onze voorouders voet aan land hadden gezet – dat was in het begin van de negentiende eeuw – en waar ze hadden gewoond, de opeenvolging van de generaties, van handwerkslieden tot notabelen, de huwelijken die waren gesloten, de kinderen daaruit voortgekomen, enzovoorts. Dat was dus nu allemaal algemeen bekend, maar welk ander doel was ermee gediend dan ruchtbaarheid te geven aan de ondergang van een Huis, de Val van een familie van naam, de beschaming van al die geschiedenis, die immers was uitgemond in ons: de nakomelingloze gebroeders Collyer, die zich schuilhielden achter gesloten deuren en alleen 's nachts buitenkwamen.

Ik geef toe dat ik me op geheime momenten, doorgaans vlak voor ik inslaap, kan voorstellen dat wie een conventionele burgermansmaatstaf aanlegt, in de gebroeders Collyer een lijn zou kunnen zien doodlopen. Het volgende moment ben ik dan boos op mezelf. Want leden wij geen oorspronkelijk en niet door conventie geïntimideerd maar zelfbestuurd leven – culmineerde in ons niet juist een lijn, kwam niet in ons de stamboom tot bloei?

Langley zei: Wat maakt het uit wie onze illustere voorouders waren? Wat een kolder. Die gegevens van de volkstellingen en archieven getuigen alleen maar van de eigendunk van de mens, die zichzelf een naam geeft en een schouderklopje en niet erkent hoe irrelevant hij is voor de omwentelingen van de planeet.

Zover wilde ik niet gaan, want als je er zo over dacht, wat had het dan voor zin om in deze wereld te leven, om in jezelf te geloven als identificeerbaar wezen met een verstand en verlangens en het vermogen om te leren en processen te beïnvloeden? Maar Langley zei zulke dingen nu eenmaal graag, hij zei ze heel ons volwassen leven al, en voor iemand die zijn eigenheid niet achtte, ging hij danig tekeer in zijn strijd om de vertegenwoordigers van de gemeente, de schuldeisers, de buren en de pers buiten de

deur te houden, een *tijd* waarin hij zich nog verkneukelde ook. In en toen meende hij op een avond iets driftig
door het huis te horen scharrelen. Ik hoorde het ook toen
hij me erop attent maakte. We bleven in de kamer staan
luisteren. Een klikgeluid, volgens mij van boven ons. Volgens hem zat het in de muur. En was het er één of waren
het er meer? Dat konden we niet beoordelen, maar het
had het hoe dan ook verbazend druk, drukker dan wij.
Langley oordeelde dat we muizen hadden. Ik zei hem
maar niet dat het mij wel iets groters leek. Muizen zou ik
in deze tijd al niet meer gehoord hebben. Dit was niet het
geluid van iets kleins, van een bangelijke indringer, maar
van iets wat zonder onze toestemming zijn impertinente
intrek had genomen. Het was iets met een duidelijk doel
voor ogen. Luisterend naar zijn bedrijvige klik-klik-klik
stelde ik me voor dat het zich naar de zin aan het maken
was. Het geluid was van een aanmatiging die ontregelend
werkte, haast zozeer dat ik me hier de indringer waande.
En als het in de muren of tussen de vloeren zat, mochten
we dan hopen dat het daar zou blijven zonder zich in het
eigenlijke huis te wagen?

Langley ging die avond de deur uit en kwam terug met
twee zwerfkatten en liet ze los om de maker van het geluid
te vangen, en toen dat niet dadelijk iets opleverde, haalde
hij er nog een paar bij, allemaal weglopers, doorgewinter-
de straatkatten met een hard geluid, zodat er een vijftal als
wakers door onze volle kamers zwierf, katten die moesten
worden gevoerd en toegesproken en waarvan de bak
moest worden geleegd. Mijn broer, met zijn lage dunk van

de pretenties van de menselijke soort, bleek voor die ver-
wilderde katten de gevoelens van een liefhebbende vader
te hebben. Ze klommen op de bergen en hopen en stapels
spullen en sprongen vandaar graag op je schouder. Ik
struikelde wel eens over zo'n beest, want ze hielden er lang-
durige perioden van rust op na en lagen door het hele huis,
boven en beneden, en als ik op een staart ging staan en een
blazend protest veroorzaakte, zei Langley: Kijk een beetje
uit, Homer.

Dus hadden we nu overal patrouillerende katten, om en
onder alles rondsluipend, en toch hoorde ik 's nachts in
bed die teennagels over het plafond klikken en soms langs
de muren schrapen. Niet dat 'het' uitsluitend 's nachts ac-
tief was; ik hoorde het overdag ook rondrennen, vooral
als ik in de eetzaal stond. Ik geloof niet dat ik de rijk bewerkte kristallen kroonluchter al genoemd heb die daar
hing. Het scheen dat het mysterieuze gedierte – want ik
begon te geloven dat het er meerdere waren – zijn verblijf-
plaats boven de eetzaal zo bevuild had dat het doorweekte
plafond doorhing en er volgens Langley uitzag als de on-
derzijde van de maan; krak zei de kroonluchter toen hij
als een soort parachute aan een kabel stukviel op het Model T en de kristallen hangers alle kanten op sprongen zodat de katten krijsend uiteenstoven.

Ik herinnerde me dat ik als kind een dienstmeid van
mijn moeder op een trapleer onder die luchter had zien
staan om elk kristal los te halen, schoon te maken met een
lap en aan zijn haakje terug te hangen. Ik had er een mogen vasthouden. Het verbaasde me hoe zwaar het was; het

had de vorm van twee ranke piramides die met de basis aan elkaar zaten, en toen ik dat tegen haar zei, lachte ze en noemde me een pientere jongen.

ONZE MOEILIJKHEDEN MET de bank waar we een hypotheek hadden – de Dime Savings Bank tegenwoordig, want er wordt gehandeld in die dingen, zo goed als de banken zelf van gedaante veranderen; de oorspronkelijke Corn Exchange, waaraan ik zo gehecht was, werd de Chemical Corn Exchange, met misschien verstopt in zijn kluizen het zaad voor een krachtige hybridenteelt, en toen verdween het graan, wellicht weggebrand door zijn chemische bestanddelen, en voilà: daar was de Chase Chemical en toen was de chemie zoek en kreeg je de keiharde Chase Manhattan, enzovoorts, in het eindeloze proces van wisselingen in het bedrijfsleven waarin volgens Langley niets verandert of verbetert – maar hoe dat ook zij, onze problemen met de Dime Savings culmineerden in een confrontatie boven aan onze stoep toen daar een heuse bankier verscheen – in gezelschap van een deurwaarder, om een idee te geven van hoe het voelde om je huis uit te worden gezet – die mij, en Langley, neem ik aan, een dagvaarding onder de neus hield.

We stonden gevieren boven aan de stoep, de broers tegenover de twee onwelkome gasten, die zich met hun rug naar de straat in een militair gezien onhoudbare positie bevonden. Ik hoorde de bankier ons een grimmig lot schetsen – hij was een bariton met de hautaine dictie van Park Avenue – en dacht: als hij nu nog één keer met dat papier voor mijn gezicht wappert, geef ik hem een duw en luister naar het verbrijzelen van zijn schedel wanneer hij achterover van onze granieten stoep stort. Het was niets voor mij om het gebruik van geweld te overwegen – het verbaasde me en viel me niet tegen van mezelf – maar Langley, van wie je zoiets drastisch eerder zou verwachten, zei: Een ogenblikje, en hij verdween in huis om even later met een van zijn rechtenstudieboeken in de hand terug te komen. Ik hoorde de bladzijden ritselen. O ja, zei hij, goed, ik zal uw dagvaarding aannemen – geef maar hier – en dan zie ik u terug in de rechtbank – eens kijken – over zes tot acht weken, als ik het goed lees.

Het enige wat u hoeft te doen om executie te voorkomen, zei de bankier, enigszins van zijn à propos – want hij had bij ons geen wetskennis verwacht, en een rechtsgang betekende juridische rompslomp voor de bank en een eindeloos slepend conflict voordat uitzetting mogelijk werd – het enige wat u hoeft te doen, is de betalingsachterstand inlopen, dan kunnen we wat de bank betreft de relatie op de oude voet hervatten en hoeven we niet naar de rechter. We onderhouden sinds jaar en dag accommodabele betrekkingen met de familie Collyer en zouden die niet graag onverkwikkelijk zien eindigen.

Langley: O, dat geeft niets. Ook als een rechter uitspraak doet in uw voordeel, wat nog maar te bezien staat, gelet op uw woekerpercentage van vier komma vijf, zal hij *lis pendens* gelasten, wat zoals u weet nog eens drie maanden uitstel meebrengt. Opgeteld bij de twee maanden eer de zaak voorkomt, duurt het nog bijna een halfjaar voor wij iets moeten doen, of iets moeten inlopen. En wie weet, besluiten we op de valreep wel om heel die rothypotheek af te lossen, maar misschien ook niet. Wie zal het zeggen? Een prettige dag nog verder. We waarderen het dat u in uw drukke bankiersdag de tijd hebt gevonden om persoonlijk bij ons langs te komen, maar nu, als u het niet erg vindt, samen met uw deurwaarder opgesodemieterd graag.

AL VOOR HET volgend voorjaar hadden we de hypotheek inderdaad afgelost. Langley, zoals ik al vermeld meen te hebben, besloot dat persoonlijk te gaan doen. Na de bank er per post van te hebben verwittigd wanneer hij kwam, liep hij van ons huis op Fifth Avenue, halverwege Manhattan, naar de Dime Savings in Worth Street, tegen de zuidpunt.

De pers sloeg de plank geheel in stijl mis: mijn broer probeerde niet het busgeld uit te sparen, dat was een secundaire overweging. Waar het hem werkelijk om ging, was de functionarissen van de Dime Savings in spanning te houden.

TOEN LANGLEY DIE ochtend op pad was gegaan, besloot ik een luchtje te scheppen. Ik trok een schoon overhemd aan, een oude maar lekkere kasjmieren trui, mijn tweedjasje en een niet al te afgedragen broek. Ik nam aan dat Langley de eventueel buiten rondhangende journalisten had meegelokt en dat ik ongehinderd zou kunnen oversteken naar het park. Het was bovendien nog vrij vroeg, wanneer de kans op nieuwsgierigen voor het huis kleiner was dan later op de dag. Dat was namelijk het effect van de krantenartikelen, dat ons huis iets was geworden om je aan te vergapen, en er waren momenten, vooral in het weekend, dat we een oploopje op het trottoir hadden van mensen die naar onze dichtgespijkerde ramen keken en hoopten dat een van de maniakale broers naar buiten zou komen om de vuist naar hen te schudden. Of ze wezen naar het gat in de kroonlijst, waar een marmeren kraagsteen onder vandaan was gevallen – had ik dat al gezegd? – bijna boven op een voorbijganger, maar bijna is dus niet helemaal, en de man had er niet meer uit kunnen halen dan de aanklacht dat een opspringend scherfje marmer zijn oog had beschadigd. Maar onder al die mensen die langskwamen – als er een paar stonden te kijken en een passant zich afvroeg wat er te zien was, bleef hij ook staan – waren er die met elkaar in gesprek raakten, wat ik van achter het luik voor een raam dat op een kier stond deels kon volgen. Het verbaasde me hoe sommigen zich een en ander toe-eigenden; je zou haast denken dat het hun huis was dat uit elkaar viel.

Maar op dit uur klonk alles redelijk rustig. Ik liep naar buiten, een warme voorjaarsochtend tegemoet, en bleef aan de stoeprand staan wachten op een luwte in de verkeersdrukte. Toen ik afgaande op mijn gehoor, dat destijds al iets van zijn helderheid verloren had, dacht dat het moment gekomen was, stapte ik van de stoeprand en hoorde een vrouw Nee! roepen – of *Non!* eigenlijk, want het was Jacqueline Roux, de aanstaande lieve vriendin van mijn laatste levensjaren – in dezelfde seconde dat er banden piepten en claxons toeterden en misschien zelfs spatborden kreukelden – maar ik stond hoe dan ook stok-stijf stil nu ik het verkeer tot staan had gebracht. Naderen-de voetstappen, dwars door alles heen, en achter me de-zelfde geruste stem die zei: Goed, nu kunnen we, en daar gingen we, met haar arm door mijn arm en haar hand om mijn hand, ondanks het geschreeuw en gescheld onge-haast Fifth Avenue over als oude vrienden die een omme-tje maken. En aldus, en niet voor het laatst, redde Jac-queline Roux me het leven.

IK BEVIND ME in het duister en de stilte dieper dan des dichters zeebodem daalt, maar ik zie die ochtend in het park en hoor haar stem en herinner me haar woorden alsof ik nog uit mijn binnenste naar buiten kon en daar de wereld aantrof. Ze vond een bankje in de zon voor ons, vroeg me mijn naam en zei me de hare. Het leek me een bijzonder zelfverzekerde vrouw die een blinde onder haar hoede nam en vervolgens, na haar goede daad, met hem ging zit-ten praten. Wie helpt, is daarna meestal rap verdwenen.

Het kon niet mooier, zei ze.

Er werd een lucifer afgestreken. Ik rook de branderige lucht van een van haar Europese sigaretten. Ik hoorde haar inhaleren om de rook zo diep in zich te laten door-dringen als ze kon.

Want u bent precies de man die ik wilde spreken, zei ze.

Ik? Weet u dan wie ik ben?

O zeker, Homer Collyer, uw broer en u zijn tegenwoor-dig beroemd in Frankrijk.

O god. U bent toch geen journalist, hè?

Nou, ik schrijf af en toe wel voor de krant.

Luister, ik weet dat u me daarnet het leven hebt gered...

Ach, pf...

... en het is inderdaad niet hoffelijk van me, maar mijn broer en ik staan nu eenmaal geen journalisten te woord.

Dat leek ze niet te horen. U hebt een krachtig gezicht, zei ze, krachtige trekken, en uw ogen zijn ondanks alles niet onaantrekkelijk. Maar te mager, u bent te mager, en een kapper zou raadzaam zijn.

Ze inhaleerde, ze exhaleerde. Ik ben hier niet om u te interviewen. Ik schrijf over uw land. Ik ben overal al geweest omdat ik niet weet waarnaar ik op zoek ben.

Ze was in Californië en het Noordwesten geweest, ze was in de Mojave Desert geweest en in Chicago en Detroit en de Appalachen en nu zat ze naast mij op een bankje in het park.

Voor zover ik verslaggever ben, zei ze, is het om verslag te doen van mijn eigen ik, mijn eigen gevoel ten aanzien van wat ik ontdek. Ik probeer dit land te vatten – te begrijpen en te grijpen. Ik heb vrij genomen om een heel persoonlijke impressionistische reportage te schrijven voor *Le Monde* – een krant ja, maar mijn reportage gaat niet over waar ik geweest ben of met wie ik heb gepraat maar over wat me duidelijk is geworden van jullie geheimen.

Welke geheimen?

De bedoeling is dat ik schrijf over wat niet te zien is. Het is ingewikkeld.

Om ons de maat te nemen.

Akkoord – dat klopt. Toen ik uw adres had gevonden, ben ik naar uw huis gaan kijken, met zijn zwarte luiken. In Europa hebben we luiken voor de ramen, hier veel minder zou ik gedacht hebben. In Frankrijk, in Italië, in Duitsland, hebben we luiken vanwege onze geschiedenis. Door de geschiedenis is het raadzaam om zware luiken voor de ramen te hebben en ze 's avonds dicht te doen. In dit land staan de huizen niet verscholen achter een muur of rond een binnenplaats. Daarvoor hebt u nog niet genoeg geschiedenis. Uw huizen treden de straat zonder angst en voor iedereen zichtbaar tegemoet. Dus vanwaar die zwarte luiken voor uw ramen, Homer Collyer? Wat betekent het dat de familie Collyer op een warme voorjaarsdag de luiken dicht heeft?

Ik weet het niet. Misschien is er genoeg geschiedenis voor aan beide kanten van de oceaan.

Met uw uitzicht op het park, zei ze. En dan niet naar buiten kijken? Waarom?

Ik wandel het park in. Zoals nu. Moet ik me verdedigen? We wonen hier ons hele leven al, mijn broer en ik. We hebben heus wel oog voor het park.

Gelukkig. Ik ben namelijk speciaal voor Central Park naar New York gekomen.

O, zei ik, ik dacht dat u voor mij kwam.

Ja, dat doe ik hier als ik niet bezig ben vreemde mannen te ontmoeten. Ze lachte. Door Central Park wandelen.

Ik wilde op dat moment haar gezicht aanraken. Ze had een stem in het altregister, een rokersstem. Toen ze me een arm gaf, kreeg ik door de textuur van haar mouw te-

gen mijn pols – de stof was misschien corduroy – de indruk van een vrouw van eind dertig, begin veertig. Toen
we Fifth Avenue overstaken, meende ik dat haar schoenen
van de soort waren die 'degelijk' wordt genoemd, afgaande op het geluid waarmee de hakken de grond raakten namelijk, al was ik van mijn gevolgtrekkingen niet meer zo
zeker als vroeger.

Ik vroeg haar wat ze in het park hoopte te vinden. Parken zijn maar saai, zei ik. Je kunt er uiteraard vermoord
worden 's nachts, zei ik, maar verder is het hier heel saai.
Alleen maar de overbekende hardlopers, verliefde paar-
tjes en kindermeisjes met een wandelwagen. 's Winters
schaatst iedereen.

Ook de kindermeisjes?

Die schaatsen het best.

En zo ontstond er een ritme tussen ons, al pratend op
een manier die de competitieve intelligentie bij een mens
naar boven brengt – bij mij wel in elk geval. Of was het gewoon flirten? Het was hoe dan ook verkwikkend. Ik had
een zekere klasse. Alsof ik was gekanteld en met een andere zijde bovengekomen.

Jacqueline Roux kon lachen zonder de draad van haar
gedachtegang kwijt te raken. Nee, zei ze, u kunt zeggen
wat u wilt, maar Central Park is anders dan alle andere
parken waar ik in mijn leven doorheen ben gewandeld.
Waarom vind ik dat? Omdat het zo georganiseerd is, zo
planmatig? Een meetkundige constructie binnen strakke
grenzen, een natuurkathedraal. Nee, ik weet het niet precies. Weet u dat er plaatsen in het park zijn waar ik een

heel naar gevoel kreeg? Gisteren had ik in de namiddag, met zijn schaduwen en de hoge gebouwen aan alle kanten, dichtbij en veraf, even de illusie dat het park te laag lag!

Te laag?

Ja, precies waar ik stond en overal waar ik keek! Het had geregend, en het gras was nat van de regen, en even onderkende ik iets wat ik niet eerder had gezien, namelijk dat dit centrale park naar de bodem van de stad gezonken was. Met zijn vijvers en meertjes en waterpartijen, alsof alles langzaam wegzinkt, begrijpt u? Dat was het nare gevoel dat ik had. Alsof dit een verzonken park is, een verzonken natuurkathedraal binnen een gerezen stad.

Zo ging ze maar door! Maar ik vond de intensiteit van haar conversatie betoverend: zo dichterlijk, zo filosofisch, zo Frans, voor zover ik kon beoordelen. Maar het was me tegelijkertijd allemaal te bevlogen. Mijn hemel – vragen naar de betekenis van Central Park? Het lag gewoon altijd aan de overkant van de straat als ik de voordeur opendeed, iets wat er was, zichzelf gelijk en onveranderlijk, en geen duiding behoefde. Dat zei ik haar. Maar in mijn reactie trok ik me aan haar idee op tot een eigen mening die beslist uitsteeg boven mijn leven van gedachteloosheid.

U weet gelukkig dat u het slachtoffer was van een illusie, zei ik.

Het is al te dwaas, dat geef ik toe. Ik grijp terug op mijn eerste indruk, het ontwerp zoals het door handwerkslieden met houweel en schop is uitgevoerd, waardoor mijn gedachte ieders eerste gedachte is: het is natuur vormgegeven tot kunstwerk. Nou, dat is misschien alleen maar de opzet geweest van de ontwerpers.

Alleen maar de opzet? zei ik. Is dat dan niet genoeg?

Voor mij suggereert het eerder iets wat misschien niet hun opzet is geweest: een voorspelling – deze afgeperkte vierhoek natuur als schepping voor wanneer de tijd komt dat het met de natuur gedaan is.

Ze hebben dit park aangelegd in de negentiende eeuw, zei ik. Voor de stad eromheen groeide. De natuur was overal, wie had toen kunnen denken dat het er ooit mee gedaan zou kunnen zijn?

Niemand, zei ze. Maar ik heb de ondergrondse silo's in South Dakota mogen zien waar de raketten klaarstaan en militairen vierentwintig uur per dag achter een paneel paraat zitten om de sleutel in het kastje om te draaien. Dat hadden de mensen die dit park hebben gemaakt ook nooit kunnen denken.

EN ZO ZATEN we te praten op een niveau waarvan ik besefte dat het voor haar normaal was. Wat een opmerkelijke gang van zaken, alsof ik op een terras in Parijs in gesprek was geraakt met een Française met een verlokkelijke rokersstem. Het betekende niet weinig voor me dat ze me haar gedachten waardig keurde. Ik zei: U zoekt het geheim. Ik geloof niet dat u het al hebt.

Misschien niet, zei ze.

Ik was blij dat ze haar ideeën niet op Langley uitprobeerde; hij zou er het geduld niet voor gehad hebben en had haar misschien zelfs afgeblaft. Maar ik vond het heerlijk om haar te horen praten, wat zou het dat ze er bizarre theorieën op na hield – het zinkende Central Park, luiken die on-Amerikaans waren – de hartstochtelijke manier waarop ze zich tot haar ideeën verhield, was een openbaring voor me. Jacqueline Roux had de hele wereld bereisd. Haar geschriften werden gepubliceerd. Het leek me een enerverend leven om wereldreizen te maken en er van alles bij te fantaseren.

EN TOEN WAS het tijd om op te stappen.

Loopt u terug? zei ze. Dan loop ik met u mee.

We verlieten het park en staken Fifth Avenue over, met haar arm in de mijne. Bij het huis aangekomen, voelde ik me stoutmoedig. Wilt u binnen kijken? zei ik. Ons interieur is een nog grotere bezienswaardigheid dan het Empire State Building.

Nee, *merci*, ik heb afspraken. Een andere keer.

Ik zei: Ik zou graag een indruk van u krijgen. Staat u me toe?

Ze had dik en golvend kortgeknipt haar. Een breed voorhoofd, afgeronde jukbeenderen, een rechte neus. Een zekere gevuldheid onder de kin. Ze droeg een bril met een stalen montuurtje. Ze was niet opgemaakt. Het leek me niet dat ik de lippen kon aanraken.

Ik vroeg haar of ze getrouwd was.

Niet meer, zei ze. Ik zag er de zin niet van in.

Kinderen?

Ik heb in Parijs een zoon. Op de middelbare school. Maar word ik nu geïnterviewd door u? Ze lachte.

Ze was over een paar weken weer in New York. Dan gaan we ergens koffiedrinken, zei ze.

Ik heb geen telefoon, zei ik. Klop maar op de voordeur als ik niet in het park ben. Ik ben meestal thuis. Als ik niets meer van u hoor, zal ik onder een auto proberen te komen, dan staat u vanzelf naast me.

Ik voelde haar naar me kijken. Ik hoopte dat ze lachte.

Goed, meneer Homer, zei ze, en ze gaf me een hand. Tot weerziens.

TOEN LANGLEY TERUGKWAM vertelde ik hem van Jacqueline Roux. Weer zo'n rotjournalist, zei hij.

Niet zozeer een journalist, zei ik, als wel een schrijfster. Een Franse.

Ik wist niet dat de Europese kranten ook al op de hoogte waren. En wat had ze met jou voor, een interview met de-man-in-de-straat?

Zo was het niet. We hebben een serieus gesprek gevoerd. Ik heb haar in huis uitgenodigd en dat sloeg ze af. Welke journalist doet dat?

Het was haast niet uit te leggen aan Langley: het was een andere denkwereld, niet de zijne, niet de mijne.

Het is een vrouw die in het volle leven staat, zei ik. Ik was diep onder de indruk.

Kennelijk.

Ze is gescheiden. Gelooft niet meer in het huwelijk. Een zoon op school.

Homer, je bent altijd nogal vatbaar geweest voor vrouwelijke beïnvloeding, weet je dat?

Ik wil naar de kapper. En misschien kan ik in de uitverkoop eens een nieuw pak kopen. En ik moet meer eten. Ik vind mezelf te mager, zei ik.

UREN LATER TROF Langley me achter de piano. Heeft ze je naar de overkant geholpen? zei hij.

Ja, het liep maar net goed af, zei ik.

Gaat het wel goed met je? Het is niks voor jou om je zo te vergissen in het verkeer.

Dat is al een probleem sinds Fifth Avenue eenrichtingsverkeer heeft. Het geluid is nu zwaarder en opgestopter, met minder gaten erin; ik ben er nog steeds niet aan gewend.

Nee, niks voor jou, zei mijn broer, en hij liep de kamer uit.

UITERAARD KON IK mijn gehoorprobleem niet voor Langley verborgen houden; hij had er vrijwel van meet af aan lucht van. Ik zweeg, ik klaagde niet, begon nergens over, en hij ook niet. Het werd een voorwerp van stilzwijgende overeenstemming tussen ons, iets wat met te veel angstige bezorgdheid omgeven was om erover te praten. Voor zover Langley een instinctieve neiging had om zich de zaak aan te trekken, dan toch niet weer vanuit zo'n mallotige medische ingeving. Ik was al zo lang blind dat zijn sinaasappeldieet en zijn theorie over de aanvulling van kegeltjes en staafjes met behulp van vitamines en tactiele oefening voor hem meer het karakter van zelfexpressie hadden, en ik vraag me wel eens af of hij ooit anders heeft geredeneerd dan vanuit de impuls 'wat hebben we te verliezen?' en of er niet eerder broederliefde uit sprak dan de gedachte dat het ergens goed voor zou zijn. Maar misschien beoordeel ik hem verkeerd. Toen mijn gehoor minder werd, stelde hij natuurlijk niet voor om naar een arts te gaan, en voor mij stond vast dat het toch niets zou uithalen, zomin als het bezoek aan de oftalmoloog zoveel jaar geleden. Ik had mijn eigen medische theorieën, wat misschien de natuurlijke instelling is van het nageslacht van een dokter, en ik geloofde dat er een innige zenuwtechnische samenhang bestond tussen mijn ogen en oren, dat het analoge delen waren van een zintuiglijk stelsel waarin alles verband hield met alles, zodat ik begreep dat het lot van mijn gezichtsvermogen ook mijn gehoor zou treffen. Zonder het gevoel mezelf tegen te spreken, overtuigde ik me er daarnaast van dat het gehoorverlies zich ver voor de algehele doofheid zou stabiliseren. Ik nam me voor om hoopvol en welgemoed te blijven en wachtte in die gemoedsgesteldheid op de terugkeer van Jacqueline Roux. Ik oefende enkele van mijn beste stukken met het vage idee dat ik ze misschien eens voor haar zou kunnen spelen. Langley bestudeerde in stilte de boeken in de medische bibliotheek van onze vader – boeken die gezien hun ouderdom waarschijnlijk in menig opzicht achterhaald waren – en hield op een dag een stukje metaal vlak achter mijn oor tegen mijn hoofd om te kijken hoe ik reageerde op zijn vraag of het enig verschil maakte wanneer hij het tegen het bot achter het oor drukte, het weghaalde en het er weer tegenaan drukte. Ik zei van niet, en daarmee was dit bescheiden experiment voorbij.

TOEN DE MAANDEN verstreken en ik niets van Jacqueline Roux hoorde, begon ik haar te beschouwen als een uitheemse dwaalgast, zoals ik de vogelaars die ik de afgelopen jaren in het park heb gesproken heb horen zeggen dat vogels die buiten hun normale leefgebied worden aangetroffen – een tropische vogel die bijvoorbeeld op een strand in Noord-Amerika belandt – 'dwaalgasten' heten. Misschien was Jacqueline Roux een Franse dwaalgast, toevallig neergestreken op het trottoir voor ons huis, een zeldzaamheid die zich nooit zou herhalen.

Ik ontkwam niet aan een gevoel van ontgoocheling. Ik liep ons gesprek op die dag in het park na en vroeg me af of ze me met de handigheid van een vakschrijver had ingepakt en of ik in haar Franse krant zou worden afgeschilderd als een volslagen idioot. Misschien was ik zo dankbaar geweest om als normaal mens te worden behandeld dat ik me al te zeer had laten meeslepen. Toen Langley en ik mettertijd steeds meer in beslag werden genomen door de oorlog die nagenoeg iedereen tegen ons voerde, nam zij, Jacqueline, in mijn hoofd de gedaante aan van iemand met wufte buitenlandse ideeën voor wie in onze omsingelde wereld geen plaats was. Het kappersbezoek en het nieuwe pak dat ik had gekocht in de verwachting dat ze zou terugkeren, hielden niet meer in dan de andere fantasieën waarin ik me had uitgeleefd. Zielig eigenlijk, dat ik dacht dat er in mijn invalidenbestaan een normale verhouding mogelijk was buiten huize Collyer.

De teleurstelling kwam zo hard aan dat de vreugde waarmee ik aan Jacqueline Roux dacht me verging. Ook de geest kende luiken, en de mijne gingen potdicht toen ik terugviel op wat ik vertrouwen kon: de broederband.

OOK MIJN BROER was destijds terneergeslagen, zozeer dat het alleen van iets drastisch als het aflossen van een hypotheek kon komen. Terwijl ik opgelucht was dat we niet meer over het verlies van ons huis hoefden in te zitten, ervoer hij deze delging van onze schuld militair gezien als nederlaag. Ik vond het aplomb waarmee hij tegen de bank was opgetreden prijzenswaardig, maar hij kon alleen aan het eindresultaat denken: het geld was weg. Daardoor was hij bedrukt en ongenietbaar. De dagbladen bleven ongelezen. Hij kwam met lege handen terug van zijn nachtelijke bergingstochten.

Ik wist niet hoe ik dit tij moest keren. Om hem op te beuren beweerde ik te geloven dat ik wat beter hoorde – een leugen. De draagbare radio bij mijn bed had er de brui aan gegeven, wat ik gezien zijn ouderdom wel wilde geloven; het was een van die zware vroege portables met handvat die vijftig jaar geleden een grote technische stap vooruit waren, toen men zich voorstelde dat het strand of het grasveld de ideale plek was om naar het nieuws op de radio te luisteren. Is deze nog te vervangen? vroeg ik, en mijn gedachte hierbij was dat Langley misschien op expeditie het huis uit zou gaan. Niets.

Maar dankzij een sardonisch soort meevaller werd er op een ochtend een aangetekende brief bezorgd van een advocatenkantoor dat 'Con Edison' vertegenwoordigde, de nieuwe naam waaronder de Consolidated Edison

Company zelfinzicht aan transparantie paarde (had niemand zich gerealiseerd dat 'con' ook oplichterij betekende?). Maar ik kon die lui wel zoenen, want toen Langley de ontstellend lompe en dreigende brief voorlas, voelde ik hem als een leeuw uit zijn sluimer ontwaken. Toch niet te geloven, Homer? Dat zo'n wetsletterknecht het waagt om de gebroeders Collyer zo aan te spreken?

Daar wij onze rekeningen uit principe plachten te betalen naar het ons uitkwam, duurde onze strijd met het nutsbedrijf al jaren, en nu Langleys laaghangende somberte ineens optrok, voelde ik alles om me heen weer normaal worden. IJsberend en die elektromonopolie, zoals hij het noemde, zijn niet-aflatende haat betuigend, ging hij er vervolgens toe over om de brief grammaticaal gecorrigeerd te retourneren met een keurig stapeltje openstaande rekeningen van ettelijke jaren erbij, wat alles bij elkaar volgens hem een half pond woog. Homer, zou hij naderhand tegen me zeggen, het was me een voorrecht de port te mogen voldoen.

Nooit weer zouden we de intimidaties van Con Edison hoeven te verduren, want van het ene moment op het andere ging het licht uit. Ik merkte het doordat ik stond te wachten tot het koffiezetapparaat zijn ritueel had afgewerkt toen het ineens begon te gorgelen, me een spat heet water in het gezicht wierp en zweeg. We waren onder het juk vandaan, zij het zonder licht. Er vielen naar het scheen wel wat zwakke stralen door de jaloezieluiken, maar daaraan had Langley niet genoeg om kaarsen te vinden. We hadden een ruime voorraad kaarsen in alle maten en soorten, van eettafelkaarsen tot altaarlichtjes, maar die lagen natuurlijk niet voor het grijpen, en hoewel het gestuntel in het donker mij makkelijker afging dan Langley, konden we ons geen van tweeën zelfs maar herinneren waar we ergens moesten zoeken, dus was een investering vereist. Hij ging de stad in en kocht scheepslantarens, pionierslantarens, staaflantarens, propaanlampen, kwiklampen, stormlantarens, knijpkatten, hoogintensieve verstralers aan een stang, en voor de bovenste overloop met zijn daklicht een natriumlamp op batterijen die automatisch aanging als het donker werd. Hij diepte zelfs een oude zoemende hoogtezon voor het bruinen van de huid op die we ooit hadden gebruikt om de planten van onze moeder in leven te houden, die evenwel onder onze zorg waren verbrand, zodat van haar geliefde kasje alleen nog de stapels aardewerken potten met potgrond over waren.

Wanneer in heel het huis deze lichten aangingen, stelde ik me voor dat grote dreigende schaduwen alle kanten op kromden, sommige uitvloeiend over de vloer en opspringend tegen de pakken kranten, andere opschietend naar het plafond, naar een drup voor drup beschenen lekkage. Voor mij maakte het weinig verschil, en ik vroeg Langley maar niet naar de aanloopkosten van onze investering in energieonafhankelijkheid, en al helemaal niet naar de bedrijfskosten van het vervangen van de batterijen. Waar het hier om ging was onze zelfstandigheid, en ik was achteraf blij toe dat we de kaarsen niet gevonden hadden, want daarvan zou, met wat er zoal in onze overvolle kamers stond – de stapels matrassen, de pakken krantenpapier, de opgetaste houten kistjes waar mijn sinaasappels in hadden gezeten, de oude wandkleden, de boeken waar geen plaats voor was, de stofvlokken, de gestolde plas olie onder het Model T, god-weet-wat – daarvan zou vast brand zijn gekomen, met de terugkeer van de brandweer en haar tomeloze slangen tot gevolg.

EN TOEN, ALSOF het boosaardige energiebedrijf haar op een idee had gebracht, sloot de gemeente bij ons het water af. Langley verwelkomde deze tegenslag handenwrijvend. En mij bleek het een grimmig genoegen om mee te werken aan het systeem dat we bedachten om onszelf van water te voorzien. Aan de brandkraan tegen de stoeprand hadden we niets; je kon geen gedoseerde worsteling aangaan met een brandkraan. Wat stuwde het me naar een psychologisch hoogtij om samen met mijn broer, als zijn handlanger, om de andere ochtend in de nanacht achter elkaar aan op pad te gaan met twee kinderwagens, in de zijne een melkbus die hij lang geleden had bemachtigd in de overtuiging dat hij nog eens van pas zou komen en in de mijne twee melkkratten met lege flessen, nog uit de tijd dat de melk 's ochtends aan huis werd bezorgd en we ze van de stoep naar binnen haalden met vijf centimeter room in de hals van de fles.

Een paar straten bij ons vandaan was een oude drenkplaats uit de dagen dat de gemeente water beschikbaar stelde voor de paarden. Die drenkplaats, een kraan met een grote diameter die uit een laag, holrond natuurstenen muurtje kwam met een betonnen trog aan de voet, bevond zich aan de stoeprand. Langley reed de kinderwagen tot pal tegen de trog en hield de melkbus schuin onder de kraan, zodat hij hem niet uit de wagen hoefde te tillen. Als de bus vol was, vulden we een voor een de flessen en sloten ze af met aluminiumfolie. Het moeilijkste was de tocht terug, want water woog heel wat meer dan ik zou hebben gedacht. Om niet bij elke zijstraat de stoeprand af en op te hoeven, ging het in optocht over straat. Er waren op dat uur toch geen auto's. Ik sloot achter Langley aan door via de neergelaten kap van de kinderwagen voeling te houden met zijn rug. Volgens mij smaakten we allebei een soort jongensachtige opwinding daar in het eerste ochtendlicht, wanneer buiten ons nog niemand in den lande op de been was en de frisheid van de lucht werd meegevoerd op een vleugje wind dat naar het buitenleven geurde, alsof we onze kinderwagens niet voortduwden over Fifth Avenue maar langs een veldweg.

We brachten onze contrabande naar binnen door de kelderdeur onder de stoep. We hadden er genoeg water aan om te drinken en we gebruikten al onze maaltijden voortaan van papieren bordjes en met plastic wegwerpbestek, al gooiden we dat natuurlijk niet weg, maar water om door te spoelen en voor in bad was een andere zaak. Het was de gastenbadkamer op de benedenverdieping die we in bedrijf probeerden te houden, een logische keus aangezien de badkamers boven sinds jaar en dag ook voor opslag dienden. Maar het washandje nam de plaats van het bad in, en na twee weken waterdragen had het gevoel van triomf, het idee de gemeente eens wat te laten ruiken, plaatsgemaakt voor de taaie realiteit van onze situatie. Er bevond zich uiteraard ook nog gewoon een fonteintje in het park, niet ver van ons huis, waar we onze thermoskan en veldfles vulden, hoewel we soms, met het warmer worden van de dagen, op onze beurt moesten wachten wanneer meutes kinderen met een recalcitrante belangstelling voor fonteintjes deden of ze dorst hadden.

IK WEET NIET of er onder de jeugd die stenen naar onze afgesloten ramen begon te gooien kinderen waren die ons water hadden zien halen in het park. Het zong hoogstwaarschijnlijk rond. Het is bar en boos wat er onder kinderen aan bijgeloof leeft, en in het hoofd van de jeugddelinquenten die ons huis bekogelden waren Langley en ik niet de excentrieke einzelgängers met een welgestelde familieachtergrond uit de pers maar hadden we een andere gedaante aangenomen: we waren schimmen die rondwaarden in het huis dat we vroeger bewoonden. Niet in staat mezelf te zien of mijn eigen voetstappen te horen, neigde ik zelf ook wel eens tot die gedachte.

Op onvoorspelbare momenten werd gedurende die zomer de aanval ingezet, kennelijk nadat de operatie was voorbereid en het materieel samengetrokken, want het gedreun en geplof en gebonk had het karakter van spervuur. Ik kon het voelen. Soms hoorde ik het belcanto van kreten. Ik schatte hun leeftijd tussen de zes en twaalf. De eerste paar keer maakte Langley de fout naar buiten te gaan en vanaf de stoep zijn vuist naar hen te schudden. De kinderen stoven onder verrukt gegil uiteen. Dus waren het er de volgende keer natuurlijk nog meer en vlogen er navenant meer stenen door de lucht.

Het kwam niet bij ons op om naar de politie te gaan, zomin als die ooit eigener beweging verschenen is. Gelaten zaten we deze aanslagen uit zoals je het eind van een zomerse regenbui afwacht. Dus nu hebben we ook al hun kinderen op ons dak, zei Langley, ervan uitgaande dat de kleine mormels in de buurt woonden en zich misschien hadden laten inspireren door de dunk die hun ouders van ons hadden. Ik zei te hebben begrepen dat mensen uit de klasse van onze naaste buren niet zulke voortplanters waren. Ik zei te geloven dat de rekrutering zich verder uitstrekte, en dat het park waarschijnlijk de verzamelplaats van die kinderen was. Toen op een dag de stenen met meer kracht leken in te slaan en ik een schreeuw hoorde uit het lagere register van de beginnende geslachtsrijpheid, tilde Langley een van de dwarslatten in de luiken op, tuurde naar buiten en liet weten dat er bij waren die ruimschoots de tienerleeftijd hadden. Je hebt gelijk, Homer, misschien is de hele stad hier wel vertegenwoordigd, zodat wij het zeldzame voorrecht hebben een vooruitblik te kunnen werpen op de vervangende burgerij van rond de millenniumwisseling.

Langleys gedachten gingen uit naar een militaire tegenactie. Hij had door de jaren heen een aantal pistolen verzameld en nam zich voor er een te pakken om er staande op de stoeptreden mee naar het schorem te zwaaien en te kijken wat er gebeurde. Het is natuurlijk niet geladen, zei hij. Ik zei dat hij dat zeker moest doen – kinderen bedreigen

met een vuurwapen – dan zou ik hem met alle plezier op-
zoeken in de gevangenis, als ik er komen kon. Ik ging me
niet zitten opvreten vanwege die stenengooiers. De luiken
raakten danig geblutst en er vielen her en der stukjes uit
de zandsteengevel, maar ik wist dat die kinderen zouden
verdwijnen als het kouder werd, wat ook gebeurde, het
was puur zomervertier, en weldra maakte het gebonk van
stenen tegen de luiken plaats voor de herfstwind die erdoorheen woei en aan onze vensters rammelde.

MAAR TOEN IK 's nachts een keer op de slaap lag te wachten, schoot me iets te binnen wat Langley had gezegd. Hij
zei dat het oorlog was onder al wat leefde. Ik vroeg me af
of de uitdoving van mijn zintuigen, terwijl ik tegelijkertijd doodsbang was dat een uitdijend bewustzijn langzaam de plaats van de wereld buiten mijn hoofd innam –
of het mogelijk was dat ik steeds minder besef had van de
waarheid van onze situatie, van haar omvang, beschermd
als ik in mijn onaandoenlijkheid was tegen de ergste mani-
festaties ervan in beeld en geluid. Bij nader inzien was de
bekogeling van ons huis door kinderen geen voorval dat
ondergeschikt was aan wat ons hoofdzakelijk aanging – te
weten ons toenemende isolement, het verbeuren, door eigen toedoen of dat van anderen, van de normale diensten
die een stedelijke beschaving verleent (geen stromend water, bedoel ik, geen gas, geen elektra), de kring van vijandigheid om ons heen die zich van onze buren uitbreidde
tot de schuldeisers, tot de pers, tot de gemeente en ten
slotte tot de toekomst (dat was deze jeugd immers) – bij

nader inzien was dit geen bijkomstigheid maar de aller-
verwoestendste opdonder. Want wat kon er vreselijker
zijn dan te eindigen als mythische grap? Hoe konden we
er vrede mee hebben dat er, als wij dood en begraven waren, niemand zou zijn om recht te doen aan onze geschiedenis? Mijn broer en ik gingen ten onder, en hij, met zijn
kapotte longen en niet helemaal meer bij zinnen, begreep
dat beter dan ik. Elke daad van verzet die we stelden en iedere bevestiging van onze zelfstandigheid, elk blijk van
onze scheppingsdrang en iedere vastberaden uiting van
onze beginselen, strekte tot ons verderf. En Langleys last
werd nog verzwaard door de zorg voor een steeds inva-
lidere broer. Ik wil hem dus niet afvallen wegens de paranoia van die winter, toen hij uit de vergaarde materialen van ons leven hier in huis – alsof alles bijeen was gebracht op influistering van een profetische instantie –
onze laatste verdedigingslinie optrok.

Er was vroeger nog een andere dichter die hij graag ci-
teerde: 'Ik ben ik, ja, kan ik het helpen?... Ik, ernstige on-
derzoeker van het nutteloze.'

MIJN EIGEN WEERWERK bestaat in mijn dagelijkse
schrijfarbeid. Ik ben Homer Collyer en Jacqueline Roux is
mijn muze. Hoewel ik in mijn verzwakte toestand niet zeker weet of ze ooit is teruggekomen zoals ze zei, of dat ik
alleen de gedachte aan haar nodig had om aan dit ge-
schrift te beginnen, een project dat in zoverre vergelijk-
baar is met Langleys krant dat we ons allebei vertillen. Ik
weet op dit moment niets meer zeker – niet wat ik me ver-

beeld, niet wat ik me herinner – maar ze is teruggekomen, dat staat voor mij nagenoeg vast, of laten we zeggen dat ze is teruggekomen en dat ik, getoiletteerd en presentabel gemaakt door mijn begripvolle broer, de deur voor haar heb geopend. In de kilte van dit huis gezeten, voel ik de warmte van een hotellobby. Jacqueline en ik hebben gedineerd. Er is een open haard, er zijn zitjes met gestoffeerde fauteuils en een laag tafeltje om je glas op te zetten en een pianist speelt klassiekers. Ik herinner me het nummer uit de tijd van ons thé dansant: 'Strangers in the Night'. Ik merk aan hoe stijfjes het klinkt dat hier een klassiek geschoolde pianist om den brode aan het werk is. Jacqueline en ik lachen om zijn keuze: de tekst gaat over vreemden die een blik wisselen, wat tussen ons dus niet kan, om uiteindelijk gelieven voor het leven te worden. Ook dat is grappig, maar dan op een manier waardoor de lach in mijn keel blijft steken.

En dan, als halverwege mijn tweede glas van de beste wijn die ik ooit heb geproefd de betaalde kracht zich even terugtrekt, kan ik het niet laten om achter de piano te gaan zitten. Ik speel Chopin, de *Prelude in cis klein*, omdat het een langzaam stuk is met hechte akkoorden waar ik tamelijk gerust op ben, want horen doe ik het niet goed. Dan maak ik de fout verder te gaan met *Jesus bleibet meine Freude*, waar een vingervaardig meanderen van de rechterhand voor nodig is, een vergissing, want ik begrijp uit het tikje op mijn schouder – het is de hotelpianist, die me maant te stoppen – dat ik de sequens wel speel zoals Bach die geschreven heeft, maar dat ik met de verkeerde pianotoets begonnen ben. Het is meer een parodie op Bach. Ik laat me corrigeren en breng het stuk tot een niet onverdienstelijk einde maar word teruggeleid naar Jacqueline in een staat van totale vernedering die ik probeer weg te lachen. Wat wijn vermag!

Op haar kamer beken ik haar mijn nood, als blinde die doof wordt.

Er volgt een hartelijk gesprek, een praktisch gesprek, als om te zien wat er aan het probleem te doen is. Ga dan schrijven, zegt ze. Woorden hebben hun eigen muziek, een die al denkend kan worden gehoord.

Ik ben niet overtuigd.

Begrijp je, Homer? Je denkt een woord en hoort zijn klank. Ik zeg je wat ik weet: woorden hebben hun muziek, en als jij een musicus bent, zul je schrijven om ze te horen.

Ik vind de gedachte aan een leven zonder mijn muziek ondraaglijk. Ik sta op en begin te ijsberen. Ik loop ergens tegenaan en er valt iets, een staande schemerlamp. Een lichtpeer spat uit elkaar. Jacqueline heeft me bij de arm en zet me op het bed neer. Ze komt naast me zitten en pakt mijn hand.

Ik zeg tegen haar: Misschien heeft jouw Frans zijn eigen muziek en denk je daarom dat alle taal muzikaal is. Ik hoor geen muziek in mijn woorden.

Nee, je vergist je.

En ik heb niets te zeggen. Waar moet ik, gelet op wie ik ben, over schrijven?

Over je leven natuurlijk, zegt ze. Over wie je precies bent. Over je leven tegenover het park. Je levensgeschiedenis, en waarom daar zwarte luiken voor moeten. Jullie huis, dat een grotere bezienswaardigheid is dan het Empire State Building.

En dat is op een lieve, intieme manier zo geestig dat mijn wanhoop er niet tegen bestand is en wordt geslecht: we schieten in de lach.

Ik mocht haar bril afzetten. Volgden de rillingen van herkenning waarmee we ons achterover lieten zakken. Deze vrouw die ik amper kende. Wie waren we? Blindheid en doofheid waren de wereld, want buiten ons was niets. De seks herinner ik me niet. Ik voelde haar hart kloppen. Ik herinner me haar tranen door onze kussen heen. Ik herinner me dat ik haar in mijn armen hield en God de zinloosheid van het leven kwijtschold.

IK BEN DANKBAAR dat Langley me van meet af aan heeft aangemoedigd om het schrijven de plaats van de muziek te laten innemen. Had hij daartoe instructie van Jacqueline Roux? Of heeft het gesprek waarbij hij met onkarakteristieke achting en deemoed luisterde naar hoe zij de nieuwe lijn in mijn leven schetste alleen in mijn verbeelding plaatsgevonden? Langley heeft zich hoe dan ook tot taak gesteld om me te laten doorwerken. Op een gegeven moment ging mijn schrijfmachine kapot en is hij ermee naar Fulton Street gegaan om hem te laten repareren. Maar ik moest twee weken wachten eer hij klaar was, dus toen heeft Langley voor een vervangende braillemachine gezorgd, of voor twee eigenlijk, een Hammond en een Underwood, waarop ik verder kon. Met die drie machines hier op tafel en riemen papier naast me in een kist op de grond ben ik een gezegend man. En zij is degene voor wie ik schrijf. Mijn muze. Als ze niet terugkomt, als ik haar nooit weerzie, dan heb ik haar toch in mijn overdenkingen. Maar ze heeft beloofd te zullen lezen wat ik schrijf. Ze zal me de spelfouten en de grammaticale fouten en de typefouten moeten vergeven. Ik schrijf in braille, maar het moet uiteindelijk gewone tekst worden.

En ik ben alweer een heel tijdje bezig. Ik heb geen duidelijk beeld van hoe lang precies. Ik ervaar het verstrijken van de tijd als iets ruimtelijks, nu de stem van Langley steeds zwakker is geworden, alsof hij is weggelopen langs een lange weg of een vrije val in de ruimte maakt, of alsof een ander geluid dat ik niet horen kan, een waterval, zijn woorden heeft weggespoeld. Ik heb mijn broer nog enige tijd kunnen verstaan als hij me in mijn oor schreeuwde. Hij heeft in die tijd een aantal signalen met me afgesproken; hij tikt me eenmaal, tweemaal, driemaal op mijn arm, en dat betekent dan dat hij me iets te eten heeft gebracht of dat het tijd is om naar bed te gaan of iets anders van een dergelijke elementaire orde in het dagelijks leven. Complexere mededelingen worden gedaan doordat hij met mijn wijsvinger de brailletoetsen aanraakt en zo de woorden spelt. Daartoe heeft hij zelf braille moeten leren, wat hem heel vlot is afgegaan. Zo bereikt mij bondig als in een krantenkop wat er aan nieuws is.

Maar ik leef dus nu al een tijdje in volkomen stilte, en als hij op me af komt en me op de arm tikt, schrik ik wel eens, want in mijn gedachten is hij altijd op grote afstand,

een kleine, verre gestalte, tot hij ineens naast me staat, op-
gedoemd als een geestverschijning. Het is haast alsof zijn
afstand van mij de werkelijkheid is en zijn tegenwoordigheid de zinsbegoocheling.

Het geval wil dat het schrijven samenvalt met mijn
compensatoire levensverlangen. Zodoende heb ik het
druk op mijn manier terwijl mijn broer bezig is de objets
trouvés in huis te herschikken tot helse machine. Ik heb
het woord 'paranoia' gebruikt ter beschrijving van wat hij
doet met al het in tientallen jaren vergaarde materiaal.
Maar het is een feit, heeft hij me gezegd, dat bijna tegelijk
met de eerste mildheid van het voorjaar een insluiper
heeft geprobeerd om 's nachts binnen te komen door de
achterdeur. Bij een andere gelegenheid heeft hij me be-
duid dat hij iemand op het dak had horen scharrelen. Ik
nam aan dat we konden voorzien dat het hier niet bij zou
blijven; verscheidene kranten hadden vanaf het eerste
van hun artikelen over ons gesuggereerd dat de Collyers,
wantrouwig tegenover de banken, enorme hoeveelheden
contanten in huis verstopt hadden. En voor het soort
straatzwervers en daklozen dat geen krant leest, is ons
donkere, vervallen pand een doorlopende uitnodiging.

ER DOET ZICH een complicatie voor. Door Langleys de-
fensieve strategie is het voor mij niet verstandig, zo niet
onmogelijk, om in huis rond te lopen. Ik zit welbeschouwd gevangen. Ik bevind me nu even voorbij de deur
naar de zitkamer, aan het eind van een paadje naar het toi-
let onder de trap. Langley heeft ook niet veel bewegings-

vrijheid. Hij heeft zich in de keuken geïnstalleerd en kan via de deur naar de tuin het huis in en uit. De hal aan de voorzijde is geheel geblokkeerd met dozen vol boeken, in stapels tot aan het plafond. Een smalle corridor tussen pakken kranten en onder tuingereedschap door – scheppen, harken, een boormachine, een kruiwagen, allemaal opgehangen aan ijzerdraad en touw tussen spijkers die hij in de muur geslagen heeft – verbindt zijn post in de keuken met mijn enclave. Door deze overkluisde gang brengt hij me mijn maaltijden. Hij zegt dat hij met een zaklamp zijn weg vindt over de struikeldraden die op enkelhoogte tussen de wanden gespannen zijn.

Mijn bed is een matras op de grond naast mijn typetafel. Ik heb verder een transistorradiootje dat ik wel eens bij mijn oor houd in de hoop weer eens wat te horen. Ik merk alleen dat het lente is doordat het zacht voelt om mij heen en ik geen zware wintertrui meer aan hoef of 's nachts diep onder de dekens moet kruipen. Langley heeft zijn slaapkamer in de keuken en hij slaapt – als hij slaapt – op de grote tafel waar ooit onze gangstervriend Vincent heeft gelegen.

Mijn broer heeft zich moeite getroost om mij de strikken en vallen in de andere kamers in huis te beschrijven. Hij is heel trots op wat hij gedaan heeft. Hij is voor mijn gevoel soms urenlang bezig om met mijn vinger over de brailletoetsen te gaan. Boven heeft hij het materiaal zodanig in piramidevorm gestapeld dat bij het minste stootje tegen wat dan ook – rubberbanden, een ijzeren snelkookpan, kleermakerspoppen, lege klerenlades, biervaatjes, bloempotten (het is me haast een genoegen me de mogelijkheden voor te stellen) – de hele constructie neerstort op de indringer, de mythische onverlaat, het doelwit van Langleys strategisch vernuft. In elke kamer staan onze spullen opgesteld tot strafwerktuig. Er liggen met zeep ingesmeerde wasborden op de grond waar de nietsvermoedende zijn voet op kan zetten. Langley is voortdurend in de weer met verbeteringen aan de gewichtsverdeling en de strikken en vallen, net zo lang tot hij zeker weet dat alles perfect zal werken. Een van zijn problemen zijn de ratten die uit alle hoeken en gaten tevoorschijn komen. Ze passeren hier niet zelden bij mijn voeten. Hij voert oorlog tegen ze. Hij mept ernaar met een schep of pakt zijn oude geweer van de schouw en probeert ze dood te knuppelen. Ik verbeeld me soms dat ik iets hoor van wat er omgaat. Een enkele keer wordt een rat een prooi van zijn vallen. Voor elke dode rat tekent hij een onzichtbaar kerfje op mijn arm.

HET VOELT AL bij al alsof hier een leven ten einde loopt. Ik herinner me ons huis zoals het in onze jeugd was, toen er een luisterrijke élégance heerste, rustgevend en feestelijk tegelijk. Het leven vloeide onbezwaard door angst van kamer tot kamer. Wij jongens zaten elkaar na de trap op en af en de vertrekken in en uit. We plaagden de bedienden en werden door hen geplaagd. We vergaapten ons aan de gebottelde specimina van onze vader. Als kleine jongens zaten we op de dikke tapijten en schoven onze speelgoedautootjes over het patroon erin. Ik kreeg pianoles in de muziekkamer. Vanaf de gang gluurden we naar de glansrijke feestdinertjes bij kaarslicht van onze ouders. Mijn broer en ik konden door de voordeur naar buiten rennen, de stoep af en naar het park aan de overkant alsof het van ons was, alsof het huis en het park, allebei in het zonlicht, een en hetzelfde waren.

En na het verlies van het licht in mijn ogen las hij me voor.

Er zijn momenten dat ik er niet meer tegen kan, tegen dit niet-aflatende bewustzijn. Het kent alleen zichzelf. De beelden van dingen zijn niet de dingen zelf. Wakker bevind ik me in het verlengde van mijn dromen. Ik krijg van mijn schrijfmachines, mijn tafel, mijn stoel, de bevestiging van een driedimensionale wereld waarin dingen ruimte innemen, waarin niet de eindeloze leegte heerst van het insubstantiële denken dat tot niets anders leidt dan zichzelf. Mijn herinneringen verbleken nu ik er telkens weer een beroep op doe. Ze worden steeds schimmiger. Mijn ergste vrees is dat ik ze helemaal verlies en alleen het kleurloze oneindige van mijn geest overhoud om in te leven. Als ik gek kon worden, als ik dat op wilskracht kon, zou ik misschien niet beseffen hoe slecht het met me gesteld is, hoe vreselijk dit bewustzijn is dat zich ongeneeslijk bewust is van zichzelf. Met slechts de aanraking van de hand van mijn broer om uit op te maken dat ik niet alleen ben.

JACQUELINE, HOEVEEL DAGEN zit ik nu al zonder eten? Er klonk een dreun waarvan het hele huis schudde. Waar is Langley? Waar is mijn broer?